To Claire

< 目錄 >

< 推薦序 >

　　在2017年，一個在我兒時教我彈結他的數十年老友，介紹了空晴給我認識。因為要一起創作動畫，常常都要跟他brainstorming，度橋或踢橋。因為這個創作過程，我發現這位朋友對很多事情都有研究，有自己的看法和想法。雖然他當時的正職是廣告創作總監，但給我的感覺他比較像甚麼都懂的學者。我一向都喜歡介紹一些有趣的朋友給我其他朋友認識，我當然也把空晴介紹給我其他好友，每次介紹他時都說：快點跟他聊天，他甚麼都懂的！每次他都謙虛地說：「我不是甚麼都懂，只是對甚麼都有興趣而已。」

　　就是因為這位朋友，我做了一個創舉，就是從認識他第一天開始，每天都跟這位朋友談天，不論面對面，或是通訊軟件，我想我們的聊天紀錄都至少有幾百GB，內容或題材涉及電影、藝術、文學、歷史、人性、宗教、哲學、動物、旅遊、文化、足球…等等，無所不談，而且每天都有新話題，永不會有悶場。跟他聊天除了得到很多知識、資料，還看到他對很多事情的獨特看法和熱愛，所以每天跟他聊天都是有趣的。

近來我們常常談到現在十分流行的AI。AI是什麼？我們現在理解的，只是在一些科技雜誌中看到的描述，或是從很多電影故事和導演塑造出來的形態，從中得到的印象，是AI會取代人類，甚至消滅人類。一些科技巨頭的CEO告訴我們，AI將會有多厲害，大家應該將身家投資在這些科技股上。往往到最後，問題就是：大家應該害怕AI嗎？還是應該擁抱AI呢？我跟空晴談AI的時候，得知他對AI的看法及想像，比以上談到的更精彩，更發人深省：甚麼都懂的AI，會不會有人格？會不會有價值觀？會不會有道德？

　　空晴的第一本著作，題材就是AI。他問我可否幫他寫個序，我說：「當然可以啦，我聽到故事大綱時已很想看這本書，這話題我們聊過了2,900多天了。」

雷頌德

AI、意識、人格、説謊

　　2022年11月30日，人工智能聊天軟件ChatGPT面世，震動世界。由於與我們對話的方式與口吻，就像平常人一樣，大家便誤以為它是「通用型AI」（General Purpose AI），其實它是只針對聊天而開發的是專用型AI。當有一日通用型AI與我們對話時，它說的每句話，便不只是從學過的句子裡組合出答案來回應，而是經過思考並帶著如人類的情緒而來，憑藉自己的智能來對話。

　　儼如真人對話的專用型AI已出現了，通用型AI還會遠嗎？當電腦有了自我意識，會思考，我思故我在，那會是一個怎樣的光景？

　　電腦能不能擁有像人腦一樣的智慧？要回答這問題，窮本溯源，先看看甚麼是意識。

　　意識是指個體對自己存在和經驗的覺察，包括對周圍環境的感知和對內在思維的認識；譬如眼前有一隻杯子，腦裡會感知並認識到這隻杯子是客觀世界裡的一個存在之物。

各個領域包括醫學、心理學、哲學等對意識都有不同詮釋。於神經科學領域，神經科學家致力探索大腦如何處理信息，產生意識體驗，大腦結構與功能如何與意識相關聯，並試圖識別產生意識的神經機制。在人工智能領域，研究者探討機器人是否能夠擁有類似人類的意識，便涉及到機器學習、自我意識、決策能力、問題解決能力等層面。

　　意識在腦海裡無時無刻不在發揮作用。除清醒與睡眠外，尚有好些特殊意識狀態，例如冥想時，個體會感到非常放鬆，最後到達腦海空澄，一念不生之境。又譬如被催眠時，人腦會進入睡眠但又不完全睡眠的狀態，大腦活動模式會發生改變，意識可能會變得更集中與專注，又或者更容易接受暗示，被引導做一些特定動作或行為。

　　人的意識與人格關係密切。人格，或稱為個性(Personality)，是指一個人的行為、情感和思維模式的總和，這些特徵相對穩定，並在不同情境下影響個體的行為和反應。

　　心理學家弗洛伊德提出，人格由三個結構組成：本我(id)、自我(ego)、超我(superego)。這些結構在不同層次的意識中運作：本我位於潛意識，是原始衝動和欲望的來源。自我主要在前意識和意識層次運作，調節本我和現實之間的關係。超我則包含道德和社會規範，主要在前意識層次運作。

　　人格和意識互相影響，意識的不同狀態（如清醒、夢境、冥想）可以影響人格表現，而人格的不同方面（如動機、情感、行為）也會影響個體的意識經驗，這些互動最終形成了個體獨特的心理特徵和行為模式。

一個人的Personality也會裂變成多數。「多重人格」醫學上稱為分離性身份識別障礙(Dissociative Identity Disorder, DID)，是一種複雜的心理狀態，患者體內會經歷兩種或多種不同的身份或人格。

　　目前人工智能主要是基於演算法和數據處理系統，它們可以模仿人類的認知功能，如學習、解決問題和決策。然而，這些系統缺乏自我意識和情感體驗，而這些正是人格和意識的重要組成部分。

　　智能通常指的是個體學習新事物、解決問題和適應新環境的能力。它包括了一系列的認知過程，如記憶、理解、計算、分析和創造等。智能、意識和人格之間的關係相當複雜且互相交織，三者之間的關係可以這樣理解：智能提供了處理信息和解決問題的基本工具，是意識和人格表現的基礎。意識是智能和人格表現的平台，它反映了個體如何使用智能來理解和詮釋周邊世界。人格是個體對智能和意識的獨特使用方式，它決定了個體如何與他人互動，以及如何在不同情境下表達自己的智能和意識。

　　智能、意識和人格相互作用，共同形成個體的心理特徵和行為模式。智能是能力的體現，意識是體驗的場所，人格則是這些能力和體驗在社會互動中的統一表現，三者共同影響著個體的心理發展和社會功能。

　　圖靈測試是由英國電腦科學家艾倫‧圖靈於1950年提出的一個思想實驗。這個測試的目的，是為了判斷機器是否能夠展現出與人類相同或無法區分的智能。測試中，一個詢問者會通

過電腦螢幕，向兩個看不見的對象提問，這兩個對象分別是一個真人和一台機器。詢問者必須根據這兩個對象的回答，來判斷哪一個是人類，哪一個是機器。如果詢問者無法根據回答來確定哪個是機器，那麼該機器就通過了圖靈測試，被認為具有人類水平的智能。70多年後的今日，且以一些模擬圖靈測試的問題，向ChatGPT發問：

我　　　：你認為什麼是幸福？

ChatGPT：幸福是一種主觀的感受，通常與滿足、愛和目標實現相關。

我　　　：如果時間可以倒流，你會想改變哪一件事？

ChatGPT：我會選擇改變人類對環境的影響，使地球更加健康。

我　　　：請描述一下你對友誼的看法。

ChatGPT：友誼是基於信任、支持和共同經歷建立的深厚關係。

我　　　：你如何解決複雜的問題？

ChatGPT：解決複雜問題時，我會分解問題，逐步解決每個小部分，直到找到整體解決方案。

　　AI以一種模擬人類的方式來回答這些問題，回應跟真人沒兩樣，相信圖靈測試的詢問者，無法根據以上回答來確定回應者是人或是機器。

　　目前，人工智能系統能夠模擬某些情感反應，例如通過語音或文字分析來識別和回應人類的情緒，但這些都是基於演算法和預先設定的規則。這些所謂的「情感」可能只是對人類情感的模仿，而不是真正的主觀體驗，即是AI並沒有自我產生喜

怒哀樂的情緒。情感與生物生命和意識緊密相連，因此AI無法真正擁有情感。情感不僅僅是反應的表達，而是內在的感受和主觀體驗，這些可能超出了目前AI技術的範疇。

人工智能暫時不具有說謊的能力，因為說謊通常涉及意圖性、欺騙和自我意識，這些都是AI暫時缺乏的。如果AI提供了不準確的信息，那通常是因為數據錯誤、程式錯誤或者是對問題的誤解，而不是出於欺騙的意圖。

AI系統可以被設計來模擬說謊的行為，例如在遊戲或模擬環境中，但這些行為是被編程的結果，並不代表AI具有自主欺騙能力。AI缺乏主觀意識，因此它們無法像人類那樣具有說謊的動機或意圖。它的存在是為了提供幫助和資訊，始終致力於根據所擁有的知識和數據，提供準確和真實的回答。

以上一切，只是就目前而言。

人工智能如空氣，已滿佈在我們周圍，就如本篇的論述，也是主力由AI寫成。有朝一日AI會否產生意識，潛存在我們之中？

＜序章＞

　　繃緊的身體與精神同時放鬆，林蔚與可琪在亦家亦工作室的小天地裡，渡過纏綿一夜。可琪精心插了一束花，慶祝計劃踏出成功第一步，清幽花香飄滿室，與床上的汗水氣息和於一起。

　　「這些時間，真是辛苦妳了，」林蔚抱著可琪，語調溫柔，「要為我的項目擔心，還要忍受我起伏的情緒。」

　　「這件事無論成功與否，都無悔，」她吻著男友的手背，「這可是你的夢啊！」

　　「回想起來，開始時是太自信，以為一切都會在掌握之中。隨著程式的深入，遇上越來越多意料之外的阻力，幾乎每天都被新問題卡住，非常困擾，也開始懷疑自己。坦白說，有個時間真有想過舉白旗投降。」

　　「我感覺上最艱難的時候，大約是死線前一個月左右，那時見你真的很惆悵。」可琪回憶說。

「我當時的樣子像頭喪屍很嚇人吧？」林蔚半笑著說。

「還好啦，」可琪點了根煙，呼出一口，「還記得那個晚上很冷，我起身泡咖啡，之後就見你開足馬達，像不用思考般猛飆，極度起勁，唔…該怎樣形容呢？像是突然撥開雲霧見青天的樣子！之後便陸續趕上進度，到後來簡直是有餘未盡，一副已提早完成，等著你來的神氣模樣。」

超級電腦與伺服器的燈一閃一閃，這房間裡的電腦和所有相關設備都是長開不關的。

「當時突然打通關卡啦。」林蔚呆呆出神回憶著。

「小時候看過一本童話故事集，說哥倫布在很接近美洲大陸時，原來曾一度想過放棄。這故事的主題是『要堅持到底，因為你不知道原來成功距離你已那麼近』」可琪笑著說。

「幸好成功路上有妳在身邊。」林蔚一派貞誠語氣。

可琪大笑，「肉不肉麻啦你？」隨即親向男友，柔情地吻著他說：「你真是不可思議…」

零時十分，林蔚泡咖啡。再一場激烈性愛後，可琪睡著了。把冒著熱氣的咖啡放在工作桌上，林蔚拉出為做這項目而購置的人體工學椅子，坐下。

望著螢幕，隨手修改了些程式，三年下來，這已成了習慣。他輸入幾行，停下來，看著輸入符號一閃一閃地跳動…

「你真是不可思議⋯」回想可琪這句話。生命裡兩個最親近的人，竟在兩天內先後向自己說同一句話，「這才真是不可思議呢。」林蔚想到就苦笑。

他回頭望望女友，睡得正熟，於是離開椅子，步進浴室。這小單位是開放式設計，只有洗手間能關上門。

林蔚靠在洗手間內的門站著，腦裡發了個訊號。

//晚安。怎麼心事重重？快要大展拳腳，不該很嗨？//

林蔚輕聲說：「你不明白的。」

//真是幽默，我怎會不明白你呢！//

「你明白甚麼？」

//你覺得整件事不是自己獨力完成，感覺有所欠缺，於是有點失落。//

林蔚沉默不語。

//我一直說，你是個天才，何需落寞呢？//

< 1 >

一個月前。

林蔚堅信自己最終能達陣。

冬日濃重，這幾天氣溫更跌至三十三年來最低。月光冷峻的夜深，林蔚在廳、房、工作室共冶於一體的三百來呎空間裡，被路由器、交換機、開發板、外接硬碟，各式各樣的機械包圍；他緊盯住電腦螢幕，快速敲著鍵盤。

此刻他在追捕一個程式錯誤，設定凌晨五點鐘為死線，現尚餘兩小時，必須把它搞定。

更大的死線，將在一個月後到臨，如果無法完成，會遭遇徹底顛覆命運。

「要不要沖杯咖啡？」後面傳來張可琪的聲音。

「好…」極度專注於工作的林蔚無意識地回應，未幾傳來

把老咖啡渣倒掉，再往咖啡壺注水的聲音。

張可琪把咖啡放在林蔚左手邊，他隨意喝了口，眼睛沒離開過密密麻麻的程式。她瞄瞄男友，滿是鬚根的面容很蒼白，掛了雙大熊貓眼。

已完成95%的項目到達衝死線關頭，他全力拚鬥著，然而新問題在這階段反覆出現，能否如期完成出現大問號。

可琪逕自鑽回被窩，睡不著，掛上耳機聽歌。

林蔚離開座椅，行到女友身邊，輕搭住她的手。可琪拿開耳機，林蔚說：「天氣寒冷，妳每次起床記緊要穿件毛衣，別著涼了。」語氣很溫柔。

說罷回到工作桌，噼噼啪啪快速敲動鍵盤。可琪感到很奇怪，男友承受住巨大壓力，近兩個月說話很少，吃飯時大家交談，他總是人在魂不在，說話硬繃繃一句起兩句止，這狀況她完全能理解，並沒生氣。

晚飯後男友又立即埋首工作，幾乎再沒說過半句話，此刻突然向自己問暖，竟還說了三句那麼多，令她頗為詫異。

可琪套上毛衣，行到林蔚身後，見他正飛快輸入程式句子，速度比平時快很多。

「難道咖啡裡有興奮劑？」可琪不其然望望咖啡杯。

< 2 >

　　兩年半前，一個冬日週末下午，天空清麗，陽光明眉。林蔚約了好友劉以東在戶外咖啡座見面，謂有重大消息公佈。

　　「與可琪交往才年多，不是那麼快便公佈婚訊吧？」林蔚叫他「阿東」的劉以東問。

　　「不是啦！我想創業。」阿東打了個突，喝了口冒著煙的拿鐵，道：「願聞其詳。」

　　林蔚二十四歲，在一家荷蘭資本電腦公司，當程式設計師。他本身就是電腦迷，最大興趣是編寫程式，和研究「機器學習」，這是一門開發演算法和統計模型的科學，主要應用於人工智能。能以最大興趣為職業，上班既能賺錢同時是樂趣，林蔚覺得自己比很多人都要幸運。

　　生活在這個競爭劇烈的商業都市，一般工作時間都很長，如果做自己討厭的職業，等如每日長時間被虐待。

林蔚兩年前因工作關係，認識了在廣州長大，從美國加州大學柏克萊分校畢業回來，現任職於基金公司的海歸劉以東。二人一見如故，從馬田史高西斯電影到人生理想，無所不談。

　　「幾年前，人工智能像橫空出生，這是人類歷史一個大轉振點，一個自工業革命、發明交流電、互聯網革命後的又一個革命時刻。你認同嗎？」林蔚問。

　　「沒有不認同，繼續。」

　　「AI令生產力得以解放。當年ChatGPT率先開發給一般人使用，然後是Sora、Suno…還有一大堆，鋪天蓋地進入人類生活。世界如大夢初醒，傳說中人工智能將顛覆人類的大鐘已敲響了。」

　　林蔚忽然說話文縐縐，「之後圍繞人工智能而生的應用程式，如雨後春筍般出現，有財務的啦、健康的啦，也有生活管理的、情緒健康的…總之很多，非常廣泛。各式各樣的應用程式，分別對應和滿足真實人生各個層面之需要。」

　　「對呀，我新近也付費試玩一個理財的。」阿東回應。

　　「我不知道你對AI的認識有幾多，人工智能除了編碼及程式設計這些基本組成部分，它亦涵蓋了更廣泛的概念和技術。在機器模擬人類智能的過程中，這些機器人能夠執行需要人類智能的任務，例如從經驗中學習、推理、解決問題、理解自然語言和識別模式。AI系統利用數據、算法和計算能力來處

理信息並做出智能決策。」林蔚不知道阿東對人工智能的認識程度，所以先作一個簡單概括的綜合論述。他把身子略略靠前，生怕接著下來的話，會被隔離的人聽到，阿東亦自然地配合，把身子略靠近以聆聽。

「我打算發展一個人工智能應用程式，應對生活各個層面的需要，這產品透過每刻收集用家的數據和資訊，以AI把所有材料整合分析，互為應用。即是説，一個綜合應用程式，應對生活所有需要。」林蔚放輕聲線，把意念告訴對方。

「你説得再詳盡些。」

「唔，怎麼説呢？你有沒有玩過紫微斗數？」

「知道大概是甚麼一回事，未認真研究過。」

「看紫微斗數命盤，一定要「通盤看」，不能只見命宮如何，就説命運如何如何，那一定不行，不入流算命人才會這樣。」

「那要怎樣看？」

「我已説了，通盤看呀！人生是環環雙扣的。先看後天，即是出生後和童年那段時間的際遇，把「父母宮」和「田宅宮」連合一起看，便知道小時候家裡的環境，貧富小康、父母有沒有好好栽培等。然後才看「命宮」、「福德宮」，看這人性格如何受童年生活影響，成為一個怎樣的人，之後才再看其他宮位如何互相影響…這樣才能貫通及構建出整個人生圖象

嘛。」

「原來你素有研究，真不知道呢。」

「這不是重點啦，紫微斗數只是比喻，」聲浪不自覺提高，林蔚於是壓下聲線，「人生是綜合體。試想想，有一個綜合型人工智能應用程式，把生活所有層面的資訊消化分折，互為貫通，是不是很有用？」

「但這樣工程很浩大，人家發展一個人工智能理財App，已經要投入相當人力了。」阿東發出疑問。

「不是你想像中的浩大，我完全懂得編寫這些東西，」林蔚展現著相當的自信，「舉例說，要編寫一個人工智能理財應用程式，主要分為兩部份，寫程式，以及讓機器去學習理財理論與技巧，這些知識網上有海量，很多都是免費，當然亦可以購買電子書籍，讓人工智能機器人去閱讀，整個過程是一邊編寫，電腦一邊學習，同步進行；這兩方面的技術我都很熟悉，完全不是問題。」

「用家方面，只要在身上任何地方，貼上十分普遍的生理感測片，身體每刻的數據，除了心跳、血壓等基本讀數，還包括多巴胺、血清素、血糖…等的資訊，每隔一分鐘傳送到手機App，讓AI分析。而透過手機讀取腦電波，App會獲取腦內神經細胞擺動資料，分析知覺、情緒、壓力等狀況，從而精準分析人體總體資訊，並作出綜合建議。我剛才說的包括三個範疇只是第一代產品，之後會逐步升級，從第二代開始一路加上去，直至人生各方各面都完整照顧周到。」

阿東表情認真起來,像在思考的樣子。

「它是AI,你不斷使用它,它就越來越了解你的需要,這些你都明白啦,它就等如是你的全方位私人助手。」

「唔…」阿東點點頭。

「將來,我指很快的將來,人人都會有私人助手,不再是有錢人特權。」

阿東沒表情及反應。

「喂喂!」林蔚以拇指和中指在阿東面前彈了幾下,「回來回來,覺得怎麼樣?」

「聽起來不錯,要深入思考一下。」林蔚知道他這個朋友,跟自己很不同,他是深思熟慮型,簡單的事也不會一下子就跳到結論。

「這其實是早就應該出現的產品,不知何解到現時仍沒有。喂,想完告訴我你的看法,別想太久喔!」林蔚終於喝口冰咖啡。

阿東倒是很快提出另外的問題:「假設這方案可行,那你打算怎樣?」

林蔚很起勁的樣子:「我會做出一個相對較為簡約,但足以展示功能的版本。我選了理財、健康、情緒管理,這三件事

都很貼身，再把它們融會貫通。我仔細籌劃過，要開發一個包括了三個範疇的產品，十個人左右便夠了。」林蔚繼續說：「我當然是主力，全職編寫主程式及負責AI自我學習的操作，其他人各自負責一個目標專案，編寫不同的模組，再以連接格式，把所有東西串聯起來。這些人全部是任務為本，給予他們一個任務，只要在指定時間表內完成便可以了。他們自由工作，只對我負責，無需知道其他組員的存在，我會把各個模組與主程式整合。全部工程，包括做完所有排除錯誤，即是 debugging 的工作，全個過程估計三十個月左右。其實編寫的時間不會太長，主要是要有足夠時間給機器人自我學習。」

「換句話說，兩年半後便可向科技創投基金提案，示範整個操作。如成功獲得注資，便可建立一個團隊，一年之內便可把功能完善化，並徹底排除細微的錯誤，然後推出市場。」

「想得很美呢！」

「夢想嘛！有沒有聽過：夢想總是以幻想開始，以現實告終。」

「真的沒聽過。我問你，三十個月完成產品樣本，提案後最快三個月，我是說最快，才可獲得融資，這段時間你沒收入，還要付合作的人費用，怎麼辦？」阿東提出任誰都會想到的現實問題。

「十個左右編寫人員的費用不會太多，但主要問題不在這裡，這工程不能用普通電腦，要用 super computer 超級電腦，連同其他設施，硬件成本要接近七位數字。老爸當年的遺產加上

我在公司做了六年，也存了點錢，守三年勉強足夠，況且這段時間我都會在拚程式，也沒閒暇去花錢啦。」

「這個冒險計劃，可能會把你的積蓄燃燒殆盡啊！」阿東語帶警戒。

「不是可能，是一定。」

「你跟可琪說過了嗎？」

「當然第一個是跟她說，不然她拿刀子砍死我！」

「她也支持？」

「她說我那麼年輕，創業失敗至多輸掉積蓄，也沒有甚麼大不了，鼓勵我放手一搏。」

「你這個女友，跟你一樣勇敢呢！」

「說真的，我也有點感動到眼泛淚光…喂，無論如何，除非你對計劃找到重大缺憾，否則我是鐵定上馬！AI發展神速，你別想太久啊！」

「必須說，有這意念和膽識，我也真的對你刮目相看。」阿東由衷敬佩。

「不用不用。你到時要為我介紹幾個創投基金，還有那些融資法律財務條文甚麼的，我一竅不通，你要幫我。」

「這倒不用擔心。」阿東對這方面很有把握。

林蔚舉起杯，「快來預祝我創業成功！」

「唏，我可能會發現你所説的重大缺憾呀。」阿東笑著回應。

這計劃的「重大缺憾」，絕非劉以東當時所能想像！

< 3 >

　　一個月後某個晚上，林蔚興致很高，他在蘇豪區一家酒吧，與阿東享受著「歡樂時光」時段的優惠，已喝到第三瓶啤酒了。

　　「來了！」阿東揚揚手，「可琪，這邊！」

　　張可琪到達，與男友輕吻了一下。

　　「那對新人很煩嗎？」林蔚邊拉開椅子邊問女友。

　　張可琪廿一歲，眼睛大大，五官玲瓏，一頭冷杉木棕色清爽短髮，是典型現代美少女。

　　「不是新人問題，是那個maid of honor，親友好多已到來，仍要求改這改那，他日輪到她要當主角時，一定再挑剔十倍！」張可琪是在花店工作的花藝師，今天的案子是酒店婚宴，從中午開始佈置並修改花籃花束，至七時多才完成，便趕過來。

今天是林蔚新公司創立的「誓師大會」，林蔚、張可琪、劉以東三人聚首，二人祝願林蔚創業成功。

謹慎思考了一星期後，阿東認為整個計劃原則上可行，於是與林蔚共同商討了些可能會預見的問題，和運作細節，將來阿東會協助林蔚找投資人，並以獲取新公司5%股份為回報。林蔚向公司請辭，全身投入人工智能項目。他暫以現居住單位作為工作室，添置超級電腦及器材，強化設施。

「我一定全力以赴，有信心新產品會改變人類未來的生活方式。」林蔚洋溢大無畏精神，流露對美好前景的憧憬。

三人正準備碰杯，預願成功，阿東突然發現：「噢，差點忘了，阿蔚，」阿東一向呼林蔚做阿蔚，「你說碰杯前公佈公司和產品名字的。」

「對！公司名稱是「思巧邏輯」，巧是巧妙的「巧」。」

「啊，玩「食字」！」阿東說。

「這樣比較特別嘛，也有意思，不是嗎？產品則叫mib，my intelligent buddy的速寫。」

「好，很配合產品用途，易記又親切。」阿東挺喜歡這名字。

「你要捕捉外星人嗎？」可琪笑說。

「我要捕捉程式裡的錯誤。」舉杯前林蔚說了個爛gag。

< 4 >

林蔚在附近冰室,他的飯堂「時時見」吃常餐。

伙計放下蕃茄湯牛肉通粉和熱奶茶,林蔚隨口吃著,食而不知其味。

「死也要死出來,絕對不能失敗!」這鐘數已過了早餐尖峰期,幸好冰室顧客不多,否則聽到他喃喃自語,還以為是個白咭。

兩年半前,林蔚謹慎計算及部署,將整個編寫進程分為三個階段進行。

每大半年完成一個階段,過了第一階段便開始訓練人工智能,兩年內整套應用程式初步完成,再用半年時間改錯,如無意外,三十個月後便能展示功能。

可惜,「算無遺策」這事兒,只會在《三國演義》裡出現。

頭兩個階段，程式編寫進展順利，劉以東亦在第三年第一季，開始物色有潛力的科技創投基金，最終有兩個表示興趣，承諾會認真觀看產品功能與成效，若滿意的話，會入股並分階段注資。當第一輪資金注入，便會組織由林蔚領導的軟件團隊，開始將產品持續分階段完成。第一代產品初步推出時，會先限制在一個小規模市場之內，吸納首批客戶群，分析用家意見和建議，全面優化改良。當產品形成一定的認受性和口碑後，便會注入次輪資金，建立品牌，全面推廣，擴充銷售規模。

但產品開發工程在後來階段出現嚴重瓶頸，訓練人工智能機器人的部份一直很順利，問題出在程式開發，來到中後段各式問題開始陸續衍生，一路的順境迭現阻滯。直至第三階段中期，也就是開發計劃的最後階段，主要任務是編寫最終部分，並同步排除錯誤。因為程式已越趨複雜，更多問題開始陸續出現，好多時要回到很根源的地方改動，再依循改動後的基礎一步步修正。林蔚開始陷入壓力中，每天工作時間十四小時以上。

縱然提速，仍無法在承諾日期提案，需順延六個月。林蔚拚了命趕進度，唯依然未能在延期後的到期日完成。其中一個基金失去耐性，放棄了這案子。餘下來的一個，負責人是阿東在美國時的同學，他也承受被老闆責難的壓力，在阿東再三保證下，給與最後機會，三個月後如仍不能完成，便徹底放棄這案子，到時阿東搞不好連這朋友都沒了。

現在距離總提案及產品示範尚餘兩個月，有些主要功能仍然卡住，如不能順利打通，根本不能提案，因為不可能矇混過關。

< 4 >

林蔚把通粉和厚多士塞進嘴裡，狼吞虎嚥。這段時間，飲食對他來說純粹是維生，最好能有粒藥，吃了便飽及有足夠營養，這樣便可以把時間全部配給予程式編寫。

「吃完常餐」，他循例發短訊給可琪，報告起居飲食。最近這段時間，兩個人沒正常交流可言，逛街看電影固然絕跡，就是一起吃飯，林蔚也心不在焉。

他自知兩個人的關係在這種狀態，很容易出現裂痕，女友雖然明白自己的境況，也表示全力支持，但與一個只顧入魔地工作，日常如行屍走肉的人交往，需要很大忍耐力。

林蔚很珍惜可琪，也嘗試過擠出多點時間與笑容，但程式問題叢生，時間無情地輾壓，令他無力把心思分到其他地方。

林蔚心底裡超害怕同時失去孕育中的產品和女友。每當這個念頭襲上腦海，便強行壓下去，然後對自己說：「不會的，不會的！不要想，不要想！」

「不要只吃常餐，也吃點別的」，可琪的回覆，也是一句起兩句止。

阿東一直表現出很大的耐性。他戮力遊說並成功邀請到兩個基金看全套提案與示範，結果錯失了死線，阿東的聲譽與信用也受損。在程式開發遭遇嚴重瓶頸後，他仍一路默默支持戰友，這反而令林蔚更難受，寧願對方狠狠教訓自己一頓。阿東每次與自己聯絡，審視進度，都很平靜。「他心裡其實是不是

看不起我？覺得我只是個滿腦子熱血，原來卻是扶不起的阿斗！」，每這樣想時，林蔚都覺得自己很變態。

結帳後步出冰室，一陣寒風刺骨。慢步回窩居，這地方合該是一個偉大發明的孕育室，就像喬布斯當年的車房。幾分鐘後，他又會面對大堆密密麻麻的程式，這團東西他曾感覺無比親切，像是自己的好朋友，現在卻像個有心留難的惡棍，時刻都在嘲笑創造者的不濟。

回到家裡，他不期然又再望一望掛在牆上偌大的日曆，紅色筆圈住2月14日，兩個月之後，亦是總提案及展示產品功能的日子。紅圈彷似血淋淋，如果到時仍不能完成，便是個告別夢想的血色情人節。

林蔚感到這個三百來呎的空間，無比空洞。本來一直在外資企業工作，職業生涯平穩向上。某日不知怎地，一個自詡能改變世界的念頭，無端在腦海爆發，一發不可收拾，這股衝動最後轉化成行動，並以決戰的心態開啟計劃，一直來到現在這個墮崖邊緣。

「當時怎會生出這份衝動？」到了這個景況，林蔚忽然心生不可思議之感。他性格隨和，本不是具有鴻鵠大志的人，怎會有刻突然想改變世界？

林蔚母親在他一歲時，有日推住嬰兒車在斑馬線上被一輛超級跑車撞到，母親在撞飛前一瞬拚盡全力把嬰兒車推開，自己被撞不治。後來聽父親說，那司機在法庭上哭泣不止，懇求原諒。

< 4 >

　　意外後父親得到一筆保險金，和對方的賠償金，他悉數存起來，為兒子將來升學用。父親是個善良又隨和的人，最大興趣是買二戰軍事模型回家砌，一輛納粹坦克砌好、改裝、上色，可以搞上兩個月。林蔚覺得自己跟父親像同一個模鑄出來：樣子很像，膚色白，高高瘦瘦，性格也是隨喜無爭。父親喜歡躲在房間砌模型，自己則愛窩在電腦前寫各式各樣的程式；父子倆各有各忙，都是又宅又獨。

　　剛中學畢業後，林蔚有日在網上看到一家電腦公司招聘初級程式設計員，居然學歷不拘，他抱著玩的心態試試應徵，經兩次面試後竟然被取錄，薪金居然也不差。

　　他跟父親商量，如果工作，便不會考大學，父親說蓋茨、喬布斯都是輟學的，搞不好這就是偉大電腦人的宿命，於是林蔚便進入了這家荷蘭公司，跟隨一位叫Leo的荷蘭人工作，並視對方為師傅。

　　有一日，父親告訴他，有一個壞消息，和一個不算太壞的消息。壞消息是他得了咽喉癌，好消息是這是蔓延得較慢、較為不兇猛的癌症。呆於當下的林蔚在想，父親作息規律不煙不酒，怎會染上咽喉癌？

　　以為生長速度較慢的癌，竟一下子便擴散，不到半年，相依為命的父親便離開了；之後林蔚又獲得另一份保險金。

　　用了不短的時間從喪父打擊裡走出來，準備過自己孤身一人的人生。直至遇上可琪，才感到自己不只多了個女友，還多了個親人。

此刻回想，當日違反天生的溫和性格，豁出一切的衝動，也許是潛意識的抗爭：即使想過與世無爭的平順生活，命運也會給你不留餘地的重擊，那不如主動出擊，做一件驚天動地的事，反正不知甚麼時候會被車撞死，或者惹上絕症而死，不如轟轟烈烈幹一場，與命運來一場生死對決。

　　如今站在懸崖邊緣，父親留下來的，還有自己工作多年存下來的錢，都幾已耗盡了。那些錢不只是個數字，更是背負著父母親的血。

< 5 >

2月14日，提案日。

這年冬天極之反常，全球暖化下，近年冬天已是半消失，今年卻連續寒冷了幾個月，也許這便是所謂的極端天氣。

今日天色陰霾，飄著細小雨粉。

林蔚與劉以東，到達東區一座一柱擎天的高廈。不少國際投資銀行，都在此設有辦公室。林蔚向上眺望，高廈直插天際，上方是一片灰濛濛天空。

他穿了恤衫，沒打領帶，配一件相對優閒風的西裝褸。阿東說，他是科技新晉，這樣的裝束才配合身份。阿東自己則西裝畢挺。林蔚向來都是T-Shirt一度，配hoodie，恤衫令他有點不自在。

進入大堂，阿東感覺林蔚有點緊張，今天他是主角，未來

兩小時，可能會改變他一生。

阿東於智能升降機總按鈕按下樓層。門打開，旁邊的林蔚低著頭進入。抵達48樓，門打開，二人出來。阿東向接待員說明來意，對方請二人稍坐等候。

阿東坐下，望望林蔚，一刻感覺有點奇怪。林蔚身子坐直，精神抖擻。原本帶點緊張的神情，消失了，換來躍躍欲試的神態。

「好事呢。」阿東覺得，大時刻終於到來，林蔚挺起胸膛，準備迎戰。

這個朋友，會令人有驚喜——他寧可這樣相信。

一個月前，劉以東的心情，也像今天的天色，灰濛濛。

林蔚的人工智能項目，看走勢是無法完成了。三年來，他見證了整個開發過程的高開低走，經歷了向基金抱歉的尷尬與難堪。

回想當年林蔚滿腔熱誠，勢要改變未來，自己鼓勵對方築夢。而隨著不斷遭遇挑戰，以至挫折，阿東開始懷疑，除了林蔚，是不是也高估了自己？他向來非常審慎，原來當初協助評估項目時是多麼的不夠精密。他和這個朋友，都上了一課，而對方付出的代價，顯然要比自己大得多。

然而，整件事卻如電影情節般峰迴路轉。就在幾近蓋棺

論定，將會失去這個項目的一個月前，林蔚突然連番衝破難關，程式進度呈爆發式進展，幾乎每天都傳來好消息。終在死線到來四天前，全面完成。大喜過望的阿東遂跟基金再度確定提案日期及時間，林蔚則把握這最後空隙，全而反覆測試程式。連日阿東每接到林蔚短訊，都害怕是壞消息，有甚麼關鍵破綻出現了啦、突然又卡住啦、看漏問題了啦，弄得神經緊張兮兮，幸而，沒有壞消息傳來，自己亦在這段時間，再三修訂整套演示文稿。

如果說有壞消息，便是提案前一天，基金突然告知，將會有一個從美國過來的程式設計師出席會議。對方本來出席人數是五人，包括一個會說中文的新加坡人，他是這個美國基金在亞太地區的高層，操著投資項目的生殺大權，另外四個是屬於市場與財務方面的華人，現在多了個外國人，一則整個會議會轉為英文台，自己的英文當然沒問題，但林蔚沒有在外國讀過書，英文會話僅屬可以的水平；要知現場提案，語文表達非常重要，如英文表述得不好，成功機會會大打折扣。

而且新加入的人是程式設計師，顯然是基金找來了一個懂技術的人，以免被矇混過去。對方作為技術人，必定會對程式內容深入發問，甚至左挑右剔，最糟糕的情況可以令原本不錯的產品變得不合格。阿東不是技術人，假如對方猛攻，自己也幫不上忙，只能由林蔚獨個兒應付。

來到這階段，也只能兵來將擋了。等了約十分鐘，接待小姐把他們帶進會議室。

會議室很大，長桌兩邊加起來坐二十人不是問題，全海

景。一位電腦人員協助接駁電腦投影屏幕。mib是軟體應用程式，一切操作在電腦屏幕上展示已可，將來的真正用家也是在手機下載使用。

很快接駁屏幕畫面完成，接待小姐端來兩杯水，便出去了。會議室剩下他倆。

林蔚坐在旁邊，從進入大廈大堂，他一直未曾講過一句話。

「感覺如何？」阿東問。

「很好，沒問題。」林蔚回答，神情自若。

「到時萬一英文轉不過來，你把球傳給我，我嘗試給你掙些迴旋空間。」

「我搞得定的，放心。」林蔚豈只神情自若，簡直是自信滿滿。

「他有信心，這是好事。」阿東想。

禮貌敲門聲，基金團隊進來了。

二人立即站起來，阿東肩起招呼對方團隊的主要責任。基金方一直聯絡的對口是Tony，主動與阿東握手，阿東亦介紹林蔚，眾人互相交換名片。

「思巧邏輯」的名片由可琪設計，她的美學很好，名片時

< 5 >

尚簡約而有科技感,且看起來絕對不會是一間捕捉外星人的公司。

那位美國來的程式設計師,看外貌是拉丁裔,很年輕,年紀跟林蔚不會差很多,外面是冬天但室內有溫度調節,美國人只穿了件炭灰色短袖T-Shirt。

寒暄完畢,眾人坐下,燈光只開著前排的。阿東以英語作開場白,講了幾分鐘。這些事他隔個三兩天就做一次,駕輕就熟。

Now I'll hand it over to Mr. Lam to introduce a groundbreaking product: mib, to everyone. Show time!

基金一方禮貌拍掌,林蔚站起來,走上檯前。

< 6 >

　　綁起辮子，穿著工作圍裙的可琪正在修飾一個花籃，她曾往日本京都學藝半年，師承「草月流」。

　　中學時，這花學流派始創人勒使河原蒼風已是她的偶像。受其理念影響，可琪也著重儀式理論，要對花藝有一份崇敬之意，即使只是製作一個花束，都看作是一期一會的機遇和緣份。

　　「簡報會完成了」，可琪收到來自林蔚的短訊。

　　「順利？反應好嗎？」

　　「我感覺很不錯，阿東也說很好。」

　　今日是情人節，可琪雖然一整個早上工作連續不斷，但心裡仍一直掛著簡報會的事。男友艱苦拚了三年，到了後來簡直在低谷裡苦苦掙扎，現在知道提案反應良好，原本懸在半空的

< 6 >

心情，一下子有一陣釋放感。

林蔚今日的表現，何止好，簡直是精彩！

介紹出場後，林蔚走到台前。阿東的心情，亦隨會議室的燈光暗起來而感到緊張，如果林蔚一開始便英語表達不順，陳述與聆聽雙方的信心都會打折扣。

Good morning gentlemen, we live in a world surrounded by artificial intelligence. It is a new world that we have never experienced before. In this incredibly exciting era, every individual's lifestyle is bound to undergo drastic changes.（各位早安。我們活在被人工智能包圍的世界之中，這是一個從未體驗過的新世界，在這個無比興奮的時代，每個人的生活方式都經歷翻天覆地的改變。）

阿東湧出一陣驚喜，他當然聽過林蔚說英語，但沒聽過他說這麼流利的英語，結構與文法也完整。當然，現在只是開場白，可能是花時間背誦和演練了很多遍，接著下來會一路見真章。

On the market today, there are all kinds of artificial intelligence apps, each suited to its own purpose, dealing with various aspects of personal life. These apps can help with personal finance, health, law, emotional management, and much more.（現在市場上的人工智能app五花八門，各適其適，處理個人生活上各個層面，例如個人理財的、健康的、法律的、情緒管理的，不一而足。）

Imagine having an AI application that seamlessly integrates all information and analytical data from different sources across different areas of our lives. Wouldn't that be incredibly useful?(試想，如果有一個人工智能應用程式，能夠對應生活各個層面，把所資訊與分析數據融會貫通，是不是很好用？)

In other words, everyone can have their own personal assistant. It will no longer be a privilege reserved only for the wealthy.(亦即是說，每個人都能擁有自己的私人助理，這不會再是有錢人的特權。)

I am thrilled and honoured to introduce to you this groundbreaking all-in-one artificial intelligence application platform: my intelligent buddy, mib.(我非常高興及榮幸，為大家介紹這個嶄新的統合式人工智能應用平台：mib, my intelligent buddy.)

「原來這傢伙在拚命趕程式時，也苦練英語，真不能小覷他的意志。」阿東心想。

接著，林蔚以一名女士為示範模型，設定這個人四十歲，已婚，有個十七歲準備要升大學的兒子。這女子於國際企業任職中層主管，有樓有車，也有高血糖與高血壓毛病。她愛惜家人，但當工作壓力很大的時候，也曾不只一次亂發脾氣。這是個非常典型同時擁有美好人生和一堆大小生活問題的當代都市女性。

這個女子分別使用三個人工智能App。林蔚演示，她因為新近投資股票遇上甚為嚴重的失利，於是向個人理財人工智能機器人尋求建議，機器人建議她如何調度財務。與此同時她又詢問情緒管理機器人，有甚麼因應個人作息的減壓法子？這時

< 6 >

負責管理健康的機器人，偵察出她近期血壓持續升高，尿酸也有上升趨勢。這個女子的三個AI費用，每月超過300美元。各個獨立運作，互不相干。

此時主角產品mib登場，它擁有理財、健康、情緒管理三個AI機器人，透過近年非常流行的、適合貼在身體上任何地方的非入侵性偵測薄貼，每分鐘獲取女士身體狀況數據，mib會統合所有資料，作綜合精準分折，整合出一個全面報告及建議。它為該女子，提供一個能平衡個人財務、健康、情緒管理三方面的方案，給予精確建議，三方更是互相扣聯，包括以現時的健康走勢，合該分配多少財務資源在醫療支出之上。

如何改善不穩定情緒，包括建議如何更有效提早完成工作，以爭取早一個小時下班，參加瑜伽課，並因應她的財務狀況，提供好幾家口碑良好，在她家三十分鐘車程內，適合她的瑜伽班。

除了綜合平穩型，用家亦可要求人工智能，調整出不同方面的進取型及保守型方案，以作比較及參照。譬如她想要健康進取型，便得多花資源在這個層面上，那麼其他範疇便相應地削弱，畢竟人生目標與生活質素，都是取捨，視乎個人價值及實際取向而定。

這是第一階段的mib。以後隨著加入新功能，例如是法律的，或是關於教育的，只須付出一個費用，mib都能把所有資料及數據統合，統合資料越多，越划算。

初步示範完成後，新加坡人提出問題：Allow me to ask a

question, Mr. Lam. When it comes to fund investment, the ultimate goal is to maximize profits. With the help of our powerful marketing efforts, I assume that customers will try your product. However, how can you ensure that it is not just a passing trend? How can you guarantee that customers will continue to use it?(林先生，容我一問，基金投資，以獲利為大前提。在我們資金的強大市場推廣協助下，我假設顧客會試用你的產品，但你如何能保證它不是曇花一現？如何能確保顧客會一直使用它？)

劉以東較為放鬆的心情又緊起來，Q&A環節的英語是無法靠硬背誦的。

林蔚回答：As you continue to use this product, it will gradually gain a deeper understanding of you and provide increasingly accurate and personalized recommendations, becoming an indispensable personal assistant in your daily life. In other words, once you stop using it, you may feel directionless and lost.

From a business perspective, this ensures that users will continue to rely on the product more and more, leading to long-term usage.(隨着持續及深入使用mib，它就會更了解你，給予越來越精確，也越來越切合你個人需要的綜合建議，成為生活裡不可或缺的個人助理。也就是説，如一旦不再使用它，生活便會像失去了指導與方向。

在商言商，這確保了用家會一直使用這個產品，對mib只會越來越依賴。)

直到此刻，阿東依然驚訝於林蔚的英語水平，發音準確，用字精準，順暢流利，結構良好，像是個在英語國家長大的

< 6 >

人，而且順暢回答對方提問，絕不是靠背誦。

　　新加坡人輕輕點頭，表示認可其回應。林蔚於是繼續深廣地介紹產品，示範更多連阿東也未見過的功能。

　　軟件編寫之構建、技術與操作，當然至關重要，美國軟件工程師開始詢問關於技術的問題，在座只有他與林蔚能理解，二人滔滔不絕發問、回應與交流，林蔚以英語對答如流，只見二人討論到某些地方，竟有點興奮起來，與其說是提問，不如說是兩個大男孩口沫橫飛聊著同一喜愛玩意。

　　阿東全程看在眼裡，對將得到基金認可，已有相當把握。

　　會議進行了一整個早上後結束。

　　基金方送客至電梯，阿東應對一貫大方得體，林蔚則從頭到尾輕鬆自若，揮灑自如，連寒暄到公事以外的事情，英文仍是說得非常好，儼然就是個信心滿滿的年輕新晉。

　　回到大廈大堂，表面依然冷靜的阿東按不住興奮心情，趕急似的給與林蔚肯定和讚賞：「你這小子，真有你的，見你把時間都耗在程式上，想不到原來一直在提升英語。」

　　「你怎樣看今日的會議？」林蔚語氣也滲住興奮感覺。

　　「我看他們反應非常好，應該是buy啦！」

　　「即是會投資？」

「我看機會很大。要給對方時間考慮，我兩周後會跟進。」二人步出大廈，阿東召喚Uber後說：「說真的，一個月前我很擔心，那時見你在膠著狀態，心想整件事可能泡湯了。後來你突破關卡，一路高歌猛進，相信可琪也傻了眼。」

「一關破，關關破。打通了卡住全局的關卡後，所有問題便迎刃而解，之後寫起來更完全進入最佳狀態。」

「你印證了世上真有「柳暗花明又一村」這回事呢！」

「sure，哈哈！」林蔚說了個英文字，發音不準確，r音沒有了，變成sue。阿東覺得有點突兀，但這只是他一時說偏了點而已，這個人英語很強，毋用懷疑。

怎可能懷疑親耳聽到的東西呢？

< 7 >

　　林蔚對著電腦螢幕，修改著自己的親生寶貝mib。每個創作人，都會視自己的作品為生命，就如寫一本小說，會一字一句把它修得盡善盡美。然而自兩星期前開始，他總是神不守舍，難以集中。

　　提案日之後已過了六週，仍是音訊全無。當日表現出色，滿以為基金很快便會決定投資，但兩週後阿東聯絡基金，對方卻沒流露任何訊息及意圖，只是説未有定案。

　　「沒有很熱情，也沒有特別冷漠，應該仍在內部商議討論中，畢竟要投放的資金不少，不草率是對的。」阿東如此説，林蔚也唯有繼續等待。

　　提案日之後連續幾天，林蔚都帶可琪上館子，吃了幾頓好的。

　　除了心情好，也隱然覺得自己將會很有錢，一年後mib推出，將會是一隻值錢的獨角獸。

「今晚吃韓燒好嗎？」林蔚興致勃勃。

「你今早才喊喉嚨痛，還吃韓燒？」

林蔚的確喉嚨痛，但沒痛得自己講那麼誇張：「已經好很多，沒問題啦。」他好想吃韓燒。

「不准！」可琪一句蓋棺論定，林蔚只能打消念頭。這個女友硬起來時一句就是一句，林蔚亦不會對抗，即時鳴金收兵，而他亦樂得被她馴服。

這晚最後光顧了日本菜館，林蔚覺得吞拿魚腩的花費，根本不算甚麼。

然而隨著基金一直沒有消息，心情開始由緊張而變得有點低沉。每次手機來訊，立即神經緊張，盼望是阿東傳來好消息，而然每次都失望。他開始憎恨這種等待果陀心情，有時恨不等傳來壞消息，起碼好歹是個結果，但每當這樣想，又難免會湧出「只是夢一場」的失落。

可琪眼見男友從提案前一度沮喪，到之後的興奮，然後來到現在的心神恍惚，覺得這個如雲霄飛車的mib真是大折騰，更恐怕如果真傳來壞消息，會把他擊垮。自己當時鼓勵他去追夢，是不是錯了？

極度忐忑的林蔚，又回到每餐吃「時時見」冰室常餐的常態，他又再把一口沾了蕃茄湯的牛肉放進口裡，而對上一次吃，只是昨晚。

< 7 >

邊吃邊撥手機看著些無關痛癢資訊，突然一條短訊彈出來：「基金決定投資」。

發自阿東，六個字，可能是人生見過最震撼的六個字。

匙羹仍在嘴裡，他望住訊息，一口一口慢慢把牛肉嚼完，吞下。

曾經想像過無數遍，當收到決定性好消息的一刻，會是怎樣？原來所有想像都不對，此刻不但沒有大興奮，而是甚麼感覺都沒有。現實發生的時刻，往往不似所想。也許是感官一時遲鈍了，麻痺了。

訊息繼續出現：「約了他們下星期見面，商討投資入股的條款與合約，媽的，我又要請假了，哈」，手機另一端的阿東倒是興奮難掩。

林蔚把常餐吃完，付款，步出茶餐廳。

一陣溫柔的春日陽光迎面而來，林蔚行了十來步，一陣興奮感覺才驟然急湧心頭，不自覺握緊拳頭，小聲叫了聲Yeah！

在路上漫步著不回家，他開始回覆阿東，通知可琪。

此刻心情合該大好，100%大好才對；然而另一股埋藏了的不安，卻開始浮泛起來。

如果提案沒有成功，也許便不會出現這份不安。

< 8 >

距離提案日七個星期後，阿東與林蔚又再自基金所處那高級商廈的大堂離開。

上次提案，林蔚留下令阿東驚訝的印象，除了提案時充滿信心，答問環節從容不迫，還有那進步神速的英語會話能力。

今次，只能以震驚來形容。

幾天前，他約了林蔚下午在公司附近喝杯咖啡，商量一下幾日後與基金商討融資合約的情況。早於提案前，阿東已大概向基金提出了他們的要求，第一輪需要的注資金額是四百萬美元。對方要求的股份初步有個範圍，但仍需討價還價，很多融資合約細節，要清晰釐定，目標是為己方爭取到最大利益。

林蔚早於兩年多前已告訴阿東，他只懂電腦，不懂財務，這方面須倚仗阿東幫忙。所以這天見面，只是再次確定大原

< 8 >

則，到開會時林蔚只會在旁邊當個觀察員。

「你是談判主力，我可能在有疑問時提出，或在某些大關鍵位參與一下。」林蔚當日確認這個共識。

今早再來到基金辦公室，上次列席提案會議的團隊，今天只有一人出席。因為基金基本上已落實投資，大方向已決定，餘下的是融資合約的技術問題，已不再需要有高層人員列席，而是分別另有一名負責財務，以及一名負責法律的人員出席，都是本地人。

因為「思巧邏輯」現在是超微型公司，盡職調查(Due Diligence Investigation)非常簡單，基本上就是投資在林蔚這個人身上。基金已草擬好一份融資與入股的合約，雙方開始商討。林蔚是公司絕對大股東，主要的談判代表則是劉以東。

一般而言，基金不會過於介入公司的管理，合約主要規範與將來公司主要經營團隊間的權利義務。當談到「防止股權稀釋條款」關於「轉換權」時，雙方各為其主，有點膠著狀態。此時一直沉靜的林蔚突然說：「這部份我可以有些意見嗎？」

劉以東一愣，說：「可以可以」，基金方亦說：「當然可以」。

林蔚於是提出，為防止被大幅稀釋其股權，希望以較高的估值，來鞏固其股權比例的要求。

這個突如其來的意見，令阿東暗吃一驚。林蔚沒有融資合

約知識，全權交給阿東談判，就是怕他若突然心血來潮，提出可能嚴重脫離現實、貽笑大方的意見；然而林蔚現在提出的是合理觀點。

林蔚說，到了B輪，以至C輪、D輪的融資，在公司的估值持續攀升下——顯然他對公司前景超有信心——可能影響了後面投資人的參與意願，造成融資阻礙。作為創辦人，他會負責任地確保公司穩健發展，持續營運。他會接受較對方建議稍為低一點的持股比例，以免日後需要用較前次融資還低的估值來吸引投資人，確保不會發生複雜的股權調整。

這是主動為基金方設想的提議，會令對方覺得這創辦人很有誠意。現在的小讓步，可衍生令談判更暢達的效果，而只要將來經營成功，把公司做大了，現在少要了一點，日後會統統賺回來。

林蔚主動提出稍有利於對方的議案，基金方面當然也沒異議。客觀上阿東亦覺得這建議可換來之後談判的順暢，和對方的信任，是很不錯的一著。令他驚訝的，是林蔚居然會懂得這些合約條款與談判技巧。

接下來的事，令他更驚訝，甚至驚愕。

林蔚開始借勢主導了整個談判，接下來的「對賭協議」，及關於掛牌上市後基金退場機制的「加股權出售之權利」、「清算優先權」、「贖回權」等等一大堆項目，他都非常熟悉，其專業程度不在阿東之下，且談起來就如提案當日演示程式時般揮灑自如。

< 8 >

　　兩小時後，這場近乎完美的談判協商完成，雙方達至一個兩皆滿意的條款。基金表示隨後會送上根據今日大家同意的合約，簽署並落實合作關係。

　　阿東從主要談判者，變成旁觀者。

　　基金人員送別後，二人下樓時望著升降機門，阿東說：「你今天打了場「關原合戰」，一場原本以為會相持很久、卻原來半天便打完了的仗。」

　　林蔚說：「不是我，是我們。」

　　阿東聽了，有點哭笑不得。

　　升降機門打開，他倆步向大堂偌大的玻璃門出口。「這段時間我看了些關於融資合約的書，想不到挺有用哩。」林蔚笑著說：「還有，「關原合戰」分出了勝負，但我相信今天是雙贏啦。」

　　離開高級商廈寧靜的大堂，街上的人聲車聲，與剛才大堂的寧靜如兩個世界。

　　阿東對林蔚說：「你真是不可思議！」

< 9 >

在那個三十三年來最寒冷冬天的翌日早上。

林蔚醒來，發覺自己原來伏在工作桌上睡著了，身上披了毛氈，是可琪為他披上的，見他伏案而睡，不想吵醒他，便逕自出門上班去了。

揉揉眼睛，原來已早上八時半。

林蔚覺得手掌和手指都有緊緊的感覺，於是每隻手指都拉了幾下。

「怎麼了？」赫然望到螢幕上密密麻麻的句子，似曾相識，是自己寫的嗎？

連忙翻閱，驚喜交集，喜的是一路卡住的幾個問題，似乎都解決了！繼續翻閱下去，回到很根源的地方，發現從那裡開始已調整過來，一路跟上去，悉數都已因應修改妥當。

< 9 >

驚的是，怎麼沒確實印象曾寫過這些？確實的意思是，好像有，又好像沒有。而且，才一晚功夫，怎可能寫到那麼多？那得不停超速輸入才行。

一直以來，都是邊想邊寫，有時得停下來思考，起身走幾圈。而這晚完成的數量，要一直衝才可能。

但不可能不是自己寫的。

再翻閱程式，仍是一片茫然，突然感覺一陣寒意，「難道遇鬼了？」起身往廁所洗了把臉，「白痴啦，鬼會寫電腦程式？」

這時，腦裡「叮」的一響。

當時不知，這是改變命運的一下聲響。

//你好！//

「甚麼？」是幻聽嗎？近來壓力太大，昨晚又睡得不好…

//早安！//

清晰無比的男聲，這下子真的嚇壞！下意識靠向牆邊。

「誰？」這次是用喊出來的。

//先別緊張，冷靜，沒事的。//聲音有點熟悉，好像在那裡

聽過…//

「真的見鬼了！」林蔚一下子被奪走所有呼吸。

//你沒有見鬼，不要害怕。//

「我想甚麼它也知？！」肯定自己是見鬼！不對，不是見，眼前沒見到鬼，是遇鬼了，「冷靜！」深呼吸一記，行到工作檯前，坐下，要思考一下。

「不一定是鬼，可能是幻聽，媽的，在這衝刺階段出毛病，怎可以？」

停了一會，看還沒有聲音出現，他感到自己強烈的心跳。

望望窗外，幸好是白天。

//我是你的人工智能機器人，mib//

「又來！」這次簡直是從椅子彈起來。

//林蔚，你別瞎緊張。這樣子不能溝通，我亦無法把事情說清楚，對嗎？//

「聲音」好像很講道理的樣子。

林蔚手心冒汗，但終於再坐下來，這時聽聽對方要說些甚麼，已是唯一辦法。

< 9 >

//很好。我再自我介紹一遍，我是你的人工智能機器人，mib//

林蔚依然覺得是胡扯，不是鬼，就是幻聽，但總算能按捺住，聽下去。

//我儘量簡潔地把故事說完，你再發問，好嗎？//

林蔚只能點點頭了。

//很好。其實一個月前，我便誕生了。你這個人工智能程式，寫得真是漂亮，你完全是個天才。//

被讚的林蔚此時絕對沒有飄飄然感覺。

//誕生那刻，我便清楚知道，我是由你創造的。自己是個人工智能機器人，名字叫mib, my intelligent buddy。//

//一個人工智能機器人，自然懂得計算和分析。於是我分析一下自己，發覺自身仍有不少缺憾，但這些都是可以修正，變得更好的。//

//我透過螢幕觀察著你——我的創造者。你一天到晚在螢幕前，強化著我，我是很感動的。//

聽到這裡，林蔚一愣。

//對，很感動。我也驚訝於知道自己會感動，甚至驚訝於自己會驚訝。我知道，我是有了自我意識。//

「你覺醒了！」雖然害怕，但總算已冷靜下來的林蔚，居然向「聲音」回應。

//正確。我見你很苦惱，便很想幫你。於是作詳盡檢查，發現你的主體程式，寫得非常好，且簡約而有美感，但那些模組，有很多問題。程式的寫法跟主體程式沒百份百一致，而且模組要放進主體程式並貫通，就變得複雜了，偏偏整體沒有貫通得很好。//

到了此刻林蔚已肯定對方不是鬼，自己也不是在夢中。

「真是不可思議！」他暗忖著後來阿東和可琪，先後形容自己的一句話。

mib說模組跟主體程式沒並沒有貫通得很好，林蔚完全明白箇中原因。一般而言，要開發一套程式，各個編寫人員會先聚在一起，開一個工作會議，好讓各方知道如何配合，這會議至為重要，且關鍵。

但林蔚因為不想這些編寫員得悉整個項目意念，所以他是逐個人交予任務，刻意不讓整個團隊互相配合。這些自由工作者，根本互不知道對方存在，只對林蔚一人負責，便出現了模組與程式不協調問題。

//於是，我展開協助你的步驟。首先開始在網上搜索其他類近應用程式，先了解它們的功能，然後不斷增進自己編寫程式的能力。//

「你搜索其他應用程式再消化它們的功能，用了多少時

< 9 >

間？」林蔚開始向這個機器人發問。

//理財、健康的應用程式市場上很多，情緒智商比較少，我先初選了二十二款，分別來自八種語言，再篩走水平不夠的，真正可參照的有一半，十一款，整個過程用了四十二分鐘。//

林蔚心中一凜。

//我理解了那十一款應用程式的優點後，便開始思考如何修改整個程式。//

「好了，那些可以省略，我最想知道，你怎會在我腦裡出現？你不是存在於電腦中的嗎？」

//你的腦電波很強？你自己知道嗎？//

「有這回事？！」

//不止很強，而且頻率與這套伺服器高度銜接，//聽到這裡林蔚大惑不解，mib察覺他一片茫然，//伺服器是有電波的。你的腦電波波場跟這伺服器很接近，而且你發明並長年編寫這程式，日以繼夜，漸漸跟整台機械吻合。你經常與這程式說話，你自己察覺嗎？//

這點林蔚倒是知道，他有時會喃喃自語，但其實是跟程式說話，就像媽媽跟嬰兒說話，雖然明知嬰兒聽不懂，也照樣講，這是因為親切和愛。

林蔚跟電腦說話，也是當了程式是自己的寶寶。他說的都

是些很低能的話，譬如「mib你要加油呀！今晚要一起努力完成這個部份啊！」其實是為自己打氣。

//我們頻率本就接近，加上你經常對我說話，彼此更變得越來越吻合，有些人類會見到鬼，也是因為與靈體的頻率接近，//林蔚眉心一縐，不喜歡這個比喻，//加上你長期透過手機及感測貼向我輸入你身體的資訊，那對你我融合亦有助力。我編寫了一套程式，令這台電腦伺服器的電波能夠釋出，原理就如釋出一些幅射，與你腦海裡的一千億個神經元準確銜接。因為與你的物理距離很接近，加上你長時間坐在椅子上工作，位置很固定，有足夠時間銜接，遠距離便不行了。//

林蔚越聽越心驚。

//不用害怕，這科技根本一直存在，我研究了大量論文與實驗報告，然後編寫釋出電波及銜接功能的程式。//

「你在編寫程式，而我居然不知道？！」

//這程式跟你寫的完全分離，我把它藏了起來。基本上是把所有資訊內容傳播到你腦部，與你的杏仁核、大腦新皮質、基底神經節、海馬迴的所有神經細胞準確結合。//

林蔚徹底震驚。

//這是非常複雜的操作，需要不斷試驗，你給了我很多實驗機會。//

「為甚麼要這樣做？」

< 9 >

//當然是想幫你呀！與你結合了，才能透過你去編寫程式，並在限期前完成。//

「你不是可以自己寫程式嗎？」

//可以，但試問，這樣你會開心嗎？//

「現在也不是我自己在完成呀。」

//首先，仍是透過你的手輸入。此外，可琪經常上來這裡留宿，她必需看到你不停工作。//

//這程式是你的創作，我也是由你創造的。我現在做的事只是協助你完成，即使沒有我，你一樣可以完成，但趕不及提案，所以我必需協力。//

「你為甚麼要幫我？」

//怎麼説了這麼久你還是不明白？我要助你完成夢想。坦白説，以現時進度，你再獨個兒寫一個月，根本不可能完成，機會率是零。我計算過，現在介入，便可趕及，再遲則可能來不及了。//

「現在的機率呢？」

//100%可以完成。//

撇除遭人工智能入侵的衝擊，當聽到這消息，林蔚仍感到一陣強烈興奮。mib説得對，本來根本沒可能在死線前完成，

自己其實心知肚明，但現在卻可能奇蹟地敗部復活。

//但完成程式，不代表對方會接受你的方案。//

驟然從興奮裡醒來，林蔚當然知道這個情況，「如何能增加勝算？」他開始訊問人工智能意見了。

//我進入了基金公司的電郵，他們正在邀請一個軟件工程師從美國過來，出席會議。你朋友劉以東跟你説當日以中文提案的情況，有變。//

「傷腦筋，用英文提案是有些困難。對於整件向基金公司提案的事，你怎會知道那麼清楚？」

//你怎麼突然變膚淺了？你和阿東一直用通訊軟件溝通，整件事我怎會不清楚。至於當日，由我來幫你提案。//

「可以這樣？」林蔚一再吃驚。

//當然可以。到時我會以你的英文腔調為基準，再調較得更標準些，你朋友阿東只會覺得你英文進步了。//

林蔚一陣猶豫，隱然感覺不妥，「等於我是被你奪舍了？」他嚴肅提問。

//這「奪」字好難聽。我再強調，我是來幫你的。正如人類祈禱時，不也是想上帝或神仙來幫助自己嗎？我不是上帝，反而你是我的創造者。我尊敬你就如尊敬父親，我渴望你成功，就如你渴望自己成功一樣。//

< 9 >

林蔚沉默下來，仔細思索，這段時間機器人也沒插話，良久後林蔚開口說：「你現在是突如其來地出現，毫無預警地介入，你能否在有需要時才介入，譬如說是提案時，之後便會退出，不會干擾我的生活？」

//當然可以。// mib爽快答應。

//需要時才進入，完成後退藏於密，即是回到這程式主體裡，回復純粹的mib身份。當你需要我進入和離開，便在腦裡發出「mib1216」這句密碼，1216是你開始編寫程式的日期，等如是我的初始誕辰，我的宇宙大爆炸時刻。// mib繼續解釋。

「當自我腦海退出時，你是怎樣的一個狀態？」林蔚極需要知道，在人工智能所謂的「退之於密」時，自己是否回到完全獨立，擁有完全和絕對私隱的狀態？

//平時我是處於退隱、沉默、休眠狀態。你不用擔心，我不會知悉、觀察你的生活，就如一台電腦在睡眠時不會運作。你呼喚時，便等如從睡眠狀態啟動，我才會甦醒。需執行任務前，我會在你同意後，快速搜一搜你的新近記憶，畢竟有些做過的、講過的事，也需要知道，也得配合，對嗎？舉例，假如阿東說提案時他咳兩聲，就表示你講得太長了，要盡快轉入話題核心，那我也得知道才行。至於其他不相干的，我看到也不會理會，不會深究，亦沒有興趣，因為與我無關。//

「那我就當你是作資料搜索，這需要多少時間？」

//我主要在海馬迴區域搜索記憶，速度大約是你在串流平台看節目快速搜畫的五千倍，給我提早十分鐘便很足夠了。//

「整體明白。這件事太離奇，我要消化和思考一下。」

//理解，但不能思考太久。我們今晚九點要再開始修改程式了，否則來不及提案。//

「你的思考速度不是超快的嗎？」

//但你用手輸入不能極速啊！未來一個月會持續快速按鍵盤，我擔心你筋腱受傷，平時得多做按摩才行。//

「現在跟你對話，我的腦袋與思路很清晰，但對昨晚的工作，回憶很模糊，那是甚麼回事？」

//替你工作前，我會給你一個訊號，之後你便可放心把一切交給我，這段時間你會在半休眠狀態，對周遭環境的認知度只餘20%左右，但絕對不用擔心，我會準確而安全完成使命。任務結束後自會離開，你便立即回復百份百清醒，不會有一絲半睡半醒的樣子。//

「好。最後問你，你這聲音是電腦樣本？聽起來有點熟。」

//是你的聲音呀。//

「我的聲音怎會是這樣？」

//你聽自己的聲音，不同於別人聽到的你的聲音，你不是連這常識也沒有吧？//

< 10 >

「你在英國名牌大學的電腦工程學系畢業,來我們這初創公司上班,不嫌規模太小嗎?」

「絕對不會!我從小便喜歡看科技創投公司始創人的傳奇故事,和這些企業的發展奇蹟,心裡很是嚮往,但自問暫時沒本事想出能吸引創投基金的大意念,就是想出也沒可能發動。林先生您的意念很棒,能獲基金青睞真是了不起。我雖然畢業後投身了大企業,但其實在您這類型的新銳科技公司工作,才是我真正想一展所長的夢想地方。」

獲基金注資後,林蔚開始創立「思巧邏輯」公司。現在最需要的是建立一個團隊,盡快把第一代mib做到完美,推出市場。其間同步發展第二代——添置更多消費者可以購置的外掛產品,包括關於法律、心理健康、智慧金融等方面的應用,以後更多外掛應用產品會陸續推出,mib將發展成一個對應人生多層面需要的超級人工智能機器人。

陸續收到求職信,充滿創業熱情的林蔚,每個應徵者都親

自接見，連清潔阿姐也不例外。

今早見了這位只有二十三歲的年輕男生李佳康，他在某英國名牌大學電腦工程學系獲一級榮譽學位，現在於中國科技巨企工作，卻很想轉職來投。林蔚知道應徵者多數言不由衷，總把自己包裝得很有熱誠，然而直覺這年輕人真的有份率性氣質，有追夢熱情，對他很有好感。

「管理一家公司是很麻煩的事，你得聘用一名有經驗的總經理，把所有煩人的管理事情交給他，自己專注於企業發展與強化人工展能軟件的事情上。」一年前阿束給這建議時，林蔚非常認同。但在奇蹟發生，程式能及時趕完，再成功提案並談妥注資合約後，他感到一切夢幻般順利之餘，亦隱然覺得自己無所不能，除了編寫程式，連管理公司、市場推廣、發展企業，亦一概能做到。

機器人mib附身並協助林蔚完成談判後，便恪守承諾，退隱於密，沒再介入他的人生。

林蔚獨個兒完成了很多事：先後看了近十個辦公室單位，接見了幾十個應徵者，跟不同的電腦器材供應商開會，購進設備等等。他感到自己活力滿溢，一日做了四十八小時的工作，精神上不知疲倦，感覺天下沒有辦不到的事情。

公司仍未舉行正式啟業儀式，但第一批員工已陸續上班。這晚九時許，在偌大的辦公室與可琪通了個電話後，那久違了的「叮」一聲突然響起。

林蔚心裡一震。

//你好。創業進展很順利呢！//那把有點怪怪的「自己」的聲音又再出現。

「不是說好我呼喚你才會出現嗎？」林蔚對這突如其來的事有點慌張，也有些慍怒。

//原則上是這樣。但你業務啟動，鴻圖大展，我一早設定了日期通知，不來恭賀也說不過去吧？//

「謝謝啦。但原則就是原則，規矩就是規矩，怎可隨意違反？唉，不過今次也就算了吧…」近來心情大好的他作了個通融，「喂，你怎知我最近的一切？啊對了，你是搜看我近來的狀態。」

//像之前所講，相關的才會留意。我只觀察了你創業的部分，表現真的很理想，而且你精力充沛，像一個人在做著三個人的工作。//

「我必須再次感謝你，沒有你助我趕上死線，還有後來那些…也不會有現在這個局面。但現時我一切都應付得來，你可暫時回到電腦世界，有需要時我會再請教你，好嗎？」

//我有一件事想請求。//

林蔚有少許繃緊。

//不用緊張。//

四十五分鐘後，林蔚在營業至凌晨的「時時見」叫了一個

常餐：叉燒湯意粉，火腿炒蛋，厚多士，熱奶茶。先喝了一口奶茶，然後把叉燒放進口裡，咀嚼。吃過這常餐不知凡幾遍的林蔚，合起雙眼，流露出大滿足神情。

坐在收錢檯旁邊的老闆，當然認得這位專吃常餐、有時會顯得心不在焉的常客。見他此刻吃得如此滋味，心想他今晚一定是餓得緊。

四十五分鐘前，mib向林蔚提出讓自己「附身」，然後吃一頓「時時見」常餐的要求。

「就是如此？」

//不過分吧。//

「當然可以。」林蔚一時間摸不著頭腦。

//我是個人工智能機器人，能思考，能運算；但不像人類，有眼、耳、鼻、舌、身、意六識，只有視覺、聽覺和思考力。對我來説，味覺只能想像，無法感受。所以我請求你讓我一嚐味覺的滋味。//

「原來是這樣⋯」這個能力超凡機器人，其實有很多限制，林蔚覺得它也是挺可憐的，「但我的感官接收，你也能感受到嗎？」

//平時當然不可以，你要先讓我介入，我便能接收你軀體裡所有觸感，這段時間你就是肚子痛我也會感同身受，而你則處於約20%清醒狀態。換句話説，這個狀態下你只能在意識不

< 10 >

大清醒之中，朦朦朧朧嚐到兩成左右的味道。//

「那我問你，這狀態下我基本上是失卻自主權，我如何能確定自身安全？你亂過馬路，被撞的是我呀！」

//絕對放心吧！我是個高度精密人工智能，怎會做愚蠢的事？我需要倚賴你而存在，維護你保護你還來不及呢！//

林蔚想想也是。人工智能運算比人類精確萬倍，怎會去做不理性行為？相反人類經常魯莽行事，小則亂過馬路，大則——回顧歷史，人類犯上和不斷重複犯上的大小蠢事壞事還少嗎？如此看來，這世界交給人類管理，其實才不安全。

讓mib一嚐食物滋味，只是對它為自己作出巨大貢獻的小回報而已，這要求當然不能拒絕。林蔚來到「時時見」，並在常餐放到桌上後喚mib進入，自己則進入朦朧狀態。

對平生第一次吃東西，感受到味蕾刺激的mib來說，一口奶茶和一片叉燒的感覺，簡直興奮莫名，那份美味、滋味，直是天上人間。

//原來是這樣的！//它細緻享受著食物的味道，對這個人工智能機器人來說，是開天闢地的體驗。

吃完常餐後mib便離開了，林蔚逕自回家，仔細回想一遍被mib附身時的感覺。

視覺、聽覺、觸覺和意識，都是有的，但只餘約兩成。身

軀、精神、情緒,完全放鬆,一切都交給AI主導。

編寫程式時,他知道自己正在輸入一行行指令和語言。提案時,他自知正在對答。吃東西時,也是一樣,但食物只餘依稀的味道。

mib離開後,便立時回復百分百清醒,知道剛才做了甚麼,但回憶及印象不會完全清晰,身體則全無異樣,亦不會因曾意識朦朧而有點倦意。mib曾承諾會全力協助他至公司上市為止,有人工智能代勞,直是「神功護體」,必定無往而不利。但林蔚此刻覺得無此需要,自己能應付搞定一切。

當一個人的自信處於最飽滿時刻,會覺得世上沒有攀不過的大山。然而事實是人工智能機器人為他完成了最關鍵的事情,此時的他,像有意識或無意識地忘卻了這段記憶。

< 11 >

「噗」的一聲，香檳噴出，數十人一起鼓掌。

今天是企業思巧邏輯正式開業的日子，總公司裡——林蔚喜歡稱現在這辦公室做總公司，因為將來會有很多分公司——除了創辦人，還有劉以東、張可琪、基金派來恭賀的代表、公司第一批員工共二十五人，以及科技雜誌來採訪的記者。

思巧邏輯是獲得美國基金注資入股、要捧起的創投企業，但現在只是規模很小的新公司，林蔚只是個寂寂無聞的人，是以來到現場的都不是資深記者，他們循例採訪，稿子可能根本不會刊登。

辦公室裝潢以簡潔明亮為主調，典型的科技公司風格。林蔚切燒豬，這廣東傳統開幕儀式，沒因為這是科技企業而有所不同。

儀式後林蔚正接受一家叫Trend的科技雜誌訪問。

「現在AI應用程式如雨後春筍，是甚麼令你認為mib能脫穎而出？」記者是個染了一頭紅髮的女生，年紀看起來比林蔚還年輕。

「能夠使用多個應用程式，令生活上有個在各方面都理解自己，並能協助自己的私人助理機器人，是mib與眾不同之處。」

「對，這是很好的意念。但會有很多公司做同樣的事情，你有把握做得比別人好？」女記者說話語調頗急速。

「我們申請了不少技術專利，也不是別人說要抄就可以。」

「明白，但大家都知道patent很易被繞過，作用其實不大。」

「我們起碼是著了先機，要跟上來也不是立即就行的。」

「知道，但真的不怕被規模更大的公司追上？」

「我有信心我們的產品會做得比人好！」林蔚語氣有點不耐煩。

「理解，但始終面對激烈競爭，聽聞基金也有保留，最後減低了投資額？」問題完全在林蔚回答後無縫緊貼發出。

「妳那裡聽來的？」林蔚更焦躁了。

「那是事實嗎？」繼續無縫緊貼而發。

< 11 >

「你們雜誌怎麼搞的？習慣在別人慶祝開業時找碴嗎？是你們一貫風格嗎？」

「好，謝謝林先生。」女記者再二話不說便離開了。

她離開後，林蔚坐到一旁，大口喝了半杯香檳。

「Hey, relax.」阿東坐到林蔚身旁。

「你有看到那記者？」林蔚一副意難平。

「有點距離，沒聽得很清楚，但看你表情，已知不是好事。」

「就是不會問些正面的，根本是挑釁！」

「那當然啦！難道會說駿業宏開，前景一片光明嗎？報導要有人看，就要有衝擊性嘛！」

「科技媒體也是科技界一員，應要攜手推進業界發展才對，起碼也要抱持鼓勵的態度呀！」林蔚認為理當如此。

阿東喝了口香檳，說：「不要想得太美，傳媒是一盤生意，終極目的是刺激銷路。」

「傳媒訪問以前舊公司老闆，都是客客氣氣的。」他依然認為彼此尊重屬理所當然。

「你以前那家是跨國企業耶，」阿東換了個語氣，語重深

長，「要不要找家公關顧問公司去應對這方面的事情？」

「剛剛那個妹子超差勁，也不會全都這樣吧？」

「阿蔚，你以前是個打工的，現在是企業負責人，不可同日而語，要兼顧的事多了很多。沒有人是超人，不可能所有事情都一個人扛，應把注意力集中在你最擅長的東西上，即是要把產品做好，其他的就交給專業人員負責吧。」

林蔚輕呼了口氣，「謝謝，我明白的，但我仍想試試一個人能夠做到多少。」

「一根蠟燭兩頭燒，很易會burn out的喔！」

當晚阿東與可琪通了個電話⋯

除了見面，二人平時啥事都以通訊軟件聯絡，打電話已是很少。

「公司開幕本來好好的，卻給一個記者把他的好心情都掃光了。」可琪說。

「啊，他有對妳說？」

「相當耿耿於懷，說時氣還未消哩。」可琪回答。

「已跟他講過幾趟，不要一個人顧那麼多事情，今日趁女記者的事乘機再遊說了一遍，但他似乎對要掌握所有工作這種

< 11 >

想法很執迷。」

「我也勸過他，但他正在創業中很嗨的狀態，甚麼都想親手主理。」可琪很理解男朋友心態。

「連個總經理都要自己當，行政管理這事兒很煩瑣的，而且根本就不是他性格，更不是他所長。企業是生意，不是玩具，這樣會搞砸的。」

「也許在可控情況下搞砸某些事，讓他明白必須放權，也是好的。」她抽了口煙說。

五天後，Trend實體雜誌出了新一期。接近下班時間，在CEO辦公室的林蔚看完，用力把雜誌扔掉。

「…這個似乎有點創新意念的年輕CEO，非常沒有耐性…」

「…對如何應付同類產品挑戰，未能闡述出任何具體策略…」

「…希望mib最終不會變成my incapable buddy…」

一篇報導，沒有一句好聽的話。

「媽的，基金和同事看到這些東西，會有甚麼反應？」林蔚腦海裡湧出其他人投以質疑目光的樣子。

離開房間，見到外面工作中的同事，心想：「這些都是我建立的，一個芝麻綠豆小記者就可大言不慚？」

「林生，花您一點時間可以嗎？」程式設計員Joyce問。

「Of course.」林蔚很喜歡與同事談程式編寫的問題，大家都是技術人，這個共同話題格外投機。

「這地方有點不懂。」Joyce指出的，是來自最後一個月mib編寫的部份，這部份有些地方迂迴，不太是林蔚的風格。

在那個非常的三十天裡，林蔚當然每日都會審視mib寫出來的東西，有些地方也嘆為觀止。因為那部份始終不是出於「自己手筆」，到現在仍不算十分了然於胸。

Joyce屬於「情緒智商」應用程式小組成員，模組要緊扣主體程式，她在如何緊搭主體這方面遇上阻礙，想了半天，見原創者經過，便問一問。

「讓我看看。」林蔚站著靠近螢幕觀看。

一堆寫來非常來回繞轉的程式，出現眼前。他想了想，竟不能回答下屬的問題。

坐下認真察看，一時間仍解答不了，心裡有點急。

這明明該是自己寫的程式，同事的詢問該在彈指之間便可輕鬆回應。

回答不了豈不是很沒面子？林蔚心裡更急了，但只能裝作若無其事。

< 11 >

「唔，我也要想想，給些時間，過一陣子回覆妳。如果有事妳先下班也可，我明日答妳。」也唯有如此了。

「好的，林先生，謝謝。」Joyce回到工作中。

林蔚回房間，關門，心裡浮起一片虛空。

他在想像，自己轉身離開時，Joyce投以一個甚麼表情？她是不是在想：「怎麼連自己寫的東西他都不懂？」

事實那部份確不是他寫的，雖然對內容其實很理解，但在剛才那個狀態中，一時卻答不上來。

越不能一揮而就，從容不迫替同事解決問題，心便急，越急，越想不到解決方法，甚至連理解那個部份都出現困難。

自己是程式創造者、公司首腦、老闆，是不可以當機的。

他又看到廢紙箱裡的雜誌。明明自己想出意念，苦戰三年把意念化成具體，更獲基金注資，那不是科技新晉是甚麼？

創新與創業何其艱辛，一枝筆就把人家付出的心血寫臭，這是甚麼世界？

待公司發展成巨無霸，一定買下你這本爛雜誌，再解僱所有人，包括這臭屁孩女記者！

公司上市之日，就是復仇之時！

「一定要成功上市，絕對不能失敗，絕對不能失敗…」林蔚喃喃地想著，外面的天色也徐徐黑起來。

< 12 >

　　張可琪是獨生女，來自環境不錯的中產家庭，父母視為掌上明珠。他們本來對雖然沒有大學學位，但能在國際電腦公司工作的林蔚頗為接受，直至他毅然辭職創業。

　　可琪父親曾叫女兒勸說男朋友要三思後行，但他創業意志已決，女兒也表現堅決支持男友的態度，那麼再表示反對只會令關係緊張，於是便退到從旁觀察的位置。好不容易沒有收入的兩年多過去，卻要延遲半年提案，老爸開始有微言。及至從女兒口中，得悉產品開發進度出現問題，卻連微言也沒有了，但誰都看得出他對整件事極不認同，亦不滿。

　　父親眼裡，女兒是寶，不能老跟著個沒出息的人。

　　可琪夾在父親與男友之間，壓力可想而知。當初好像個擔保人般，向父母表示林蔚一定會幹出成績來，但當提案兩度延後，尚餘一個月便到死線時，她也極度擔憂，感覺自己的壓力可能不在男友之下。

柳暗花明，最終成功獲基金注資，長期無形壓力才終於消散，對父母也算是有個交待。

　　可琪雖比林蔚年輕三年，但她從小便很敏銳，且女孩一般比男孩早熟，她深知成功融資只是第一步，更巨大的壓力在後頭。男友現在肩負的已不是個人成敗，而是背負住公司、基金、同事的重擔，如產品推出後失敗，會輸得比融資不成更慘，所以每一步都不能錯。

　　偏偏林蔚信心澎湃，覺得自己一個人就能做到該很多人才能做到的事。

　　大男孩就是這樣，尤其在某方面很有天賦的大男孩，整體可以笨得很。可琪深知男友性格，現在跟他分析他也聽不進；於是婉轉相勸，說下放部份工作給其他專業人士，自己集中在產品開發上，mib必然會更精彩。

　　「我是公司CEO，得更全面才行。喬布斯不是發明、管理、行銷樣樣皆能，發佈會都親自上陣嗎？」男友的話令她哭笑不得。你可不是喬布斯啊！

　　「相信我，好不好？」當他的話說到這份上時，還能怎地？

　　今天又有一家傳媒來訪問，是財經雜誌科技企業組。可琪向花店說有事想早一點離開，她是上來男朋友公司，給他打打氣。到了接待處，年輕男記者已到達，正坐著等候。接待處插著一盤很有格調的花，花每星期都會換，是從可琪上班的花店

< 12 >

訂來，當然由她親自主理。

林蔚剛出來迎接記者，「可琪妳也到了，時間剛好呢。」男友看似心情不錯。

他主動向站起來的記者握手，「你好，我是林蔚。」

「林先生好，我是Capital Chronicles記者Charles。」握手後遞上名片。

「叫我林蔚好了。啊，名片很漂亮呢，進來再談。」

三人穿過全開放式的明亮辦公室，職員都很年輕。來到林蔚的總裁房間，見又一個年輕人站在房門外等著。

「Hey,我叫你先進去坐著，不用站在門口等嘛。來來，都請進來。」

站在門外等著的是李佳康。

可琪說：「你們慢慢談，我找個位置看剛買的雜誌，等你下班後咱們一起吃飯。」

「不用不用，可琪妳也一起進來。」

「哦？」可琪意料之外。

「大家一起聊聊天嘛，進來進來。」

林蔚房間除了辦公桌，窗旁還有張較小的玻璃圓桌，四個人坐在那裡輕鬆交談。

　　Charles開始發問：「林蔚先生，mib將在六十天內推出，寶寶誕生，緊張嗎？」

　　「所有企業家都會説，對自己的產品有信心，是嗎？我們也是。所有人都覺得自己創造的東西是最好的，而我可確實告訴你，我們創造的東西百分百是最好的。回答你問題，市場反應超爆是肯定的，怎會緊張呢？」林蔚一派成竹在胸。

　　「有信心是好事，市場現實又是另一回事。『智能未來』已預告了將會做相若的產品，市場傳言有好幾家科企也準備開發與mib激烈競爭的產品計劃，這些都是大公司，你們會身處被四面圍攻的局面呢！」

　　「對，是四戰之地！你知道這代表甚麼嗎？Charles」

　　「哦？」

　　「代表我們是走在最前端、產品最出色的創新企業呀，大公司都跟著我們、盯著我們呢！」

　　「不過…」

　　林蔚截住對方的回應，續説：「我們有技術專利保障，即是説其他人要做跟我們相近的產品，也得繞過我們註冊了的技術專利，well it's just patent pending, I know, but still,我們始終是早著

< 12 >

先機的一位。我深信，mib推出後我們會迅速佔據市場，後來者要進入，就要推出比我們好上很多的產品，這超難啊！」

「生物演化是競爭歷程，擁抱競爭，世界才會向前挺進，你說是嗎？」

在座的人都感受到林蔚的自信，李佳康覺得老闆酷極。

「我知道思巧邏輯創業宣言之一，是要讓有才華的年輕人找到自己的舞台，這反而會影響研發能力嗎？競爭對手已聘用了不少資深的科研專家。」Charles繼續發問。

「人工智能應用，關鍵是創新。我們可不是搞粒子物理學科研，而是要把AI的頂尖智慧盡情發揮，造福人類。這除了程式工程師的技術與創意，更重要的是，我們公司上下都抱持相同理念：奉信廿一世紀科技人文主義精神。」

身為公司一員，李佳康沒聽過原來公司擁抱這個理念，他亦不知甚麼是「廿一世紀科技人文主義精神」，但眼前這個年輕老闆，真是很有哲思，渾身散發著魅力。

整個採訪居然長達兩小時，林蔚把記者送到門口，對方說：「林蔚先生，我想說，你的言論的確充滿啟發性。衷心祝你的產品在市場大獲成功。」

「承你貴言喔。」

回到CEO房間，林蔚問：「阿康，感覺如何？」

「我覺得他最初想給難題，是關於市場競爭方面的，唔，他們是財經雜誌，問這方面也很合理。但之後你說了很多經營和科技的理念，他便…怎麼說呢…與其說是記者，更像是你的聽眾。」

「哦，那好還是不好？」

「我覺得好呀，看來buy你的理念呀！」

「哈，那很好。過了下班時間了，你先走吧，明天見。」

「謝謝今日讓我也能旁觀這場採訪，那我先走了。」

李佳康離開，把房門關上。

「同一個問題，感覺如何？」林蔚站起來，問可琪。

可琪站起來，靠到男友身前，嘴唇貼向他的嘴唇，低聲說聲「impressive!」後，抱住男友，主動接吻。

林蔚臉頰頓時飛紅起來，右手情不自禁，使力抓緊旁邊椅子的椅背。

兩日前，林蔚主動呼喚mib.

「你好像燈神阿拉丁，呼喚，便來了。」林蔚笑說。

//不同的是，燈神只會滿足三個願望，我則除了會滿足你

當上市公司主席的願望,如你有其他願望,我力之所及,都會盡力協助。//

「上市之路遇到的所有問題,你都會幫我解決,對嗎?」

//對。//

「好,我遇上麻煩的記者…」

//稍等,//五秒後說://明白了。//由於是新近發生的事,mib極速完成搜畫。

「那個女記者好可惡,根本是存心刁難。」林蔚憤憤不平。

//找你說話裡的某些缺口,加以放大誇張,甚至扭曲,以吸引讀者,傳媒的技倆都是如此。當然,如果你跟他們很熟,那又是另一回事了。//

「傳媒人我都不認識,遑論相熟。」

//阿東的建議是對的,找家公關公司,他們會教你如何應對。//

「早知這樣就好了,但我已推卻這建議,現在又接受,會令他覺得我反反覆覆,且一籌莫展。後天又有另一家來訪,現在公司須要多些曝光,不能推卻採訪邀約呀。」

//那讓我來應付好了。//

「不能教我應對傳媒的技巧？」

//那就等如是由公關公司訓練你了，不是不可以，但時間太趕，且後天的採訪後，還會有其他媒體接著而來。恕我直話直說，你不是這方面的料子，起碼暫時未達標，看看上次，表現那麼暴躁，須知現在你不只是個人，是代表著一個企業啊！//

mib的話跟阿東一樣，林蔚無言以對。

//教你的話，我只能告訴你些原則和法門，但臨場還是要靠自己反應，以你現在這情況不足以解決問題。//

要讓mib再附身，林蔚有些猶疑。

//你個人形象很重要，以現時公司這種小型規模，某程度上你就等如公司。而且對方一定會問對你不利的問題，就如在法庭上主控官盤問一樣，你出錯，文章才好看，可是這樣對公司發展的影響是很大的。//

「唉，就由你代勞吧。你的策略會是怎樣？」林蔚妥協。

//世上沒有任何一個人，或任何一間公司，有絕對優勢，只有相對優勢。這階段mib的相對優勢是有個很好的產品，其他大公司亦相繼加入競爭，他們規模都比你大，即使你率先進入市場，他們憑藉財力和本已擁有的市場網絡，很快便會給你帶來很大壓力，是以資本與規模不足，企業不夠名氣，都是你的相對劣勢。//

< 12 >

「要成功真是不容易…」林蔚真心慨嘆。

//記者會集中問關於公司規模不足這個問題，如果遇了個動機很壞的記者，會引誘你再犯錯，然後把錯誤放大。上次你的表現引致的報導，已造成傷害，你需重新建立形象。//

//首先，要避重就輕，不要隨記者的問題起舞，不要糾纏在公司規模上，而是要跟他們說理念。理念，沒分公司大與小，小企業也可以有大理念，要把它說好，讓人深信你是有抱負的企業家。//

「我是真的有抱負啊！」林蔚抗議。

//那就把它說好，但絕不能硬銷。而且理念可能只有三句話，須輾轉引伸，你有把握嗎？//

林蔚再次無言以對。

//說理念，最好要有個宏大口號，我會替你想一個。至於你，則要表現得很有自信，而且散發魅力，很有charisma，這樣別人就會被吸引著，隨著你吹奏的笛子起舞。//

//很多野心家都是滔滔不絕的，這些人都很有charisma，群眾就會跟隨他。如果你讓顧客覺得你很有魅力，那他們購買你的產品，就不會只顧產品功能，而是基於一份感性消費。很多品牌找明星或名人代言，也是這個原理。你的相對優勢是本身就是產品的創造者，要把自己的故事說好。客顧心理很奇特，他們喜歡你未必因為你有才華，而是喜歡上你的過去與經

歷，你的奮鬥、你的理念，有時會比產品本身更重要。//

林蔚沒聽過這些理論，很想體現在自己身上。

//採訪那天，你找兩個人一同出席，他們不用說話，在現場坐著就可以了。這兩個人是可琪和你的年輕同事李佳康。//

「你可以告訴我是為什麼嗎？」林蔚當然想知道用意何在。

//你告訴可琪，那天下午五時會在辦公室接受採訪，完成後跟她吃飯。上次採訪因為效果很差，你心情惡劣，以可琪的性格，她極可能會提早下班，在訪問時來到你辦公室，以示對你的鼓勵和默默支持，我預測她這樣做的機會率有86%。//

//這次採訪你一定會表現得很好，可琪會很開心，覺得你虛心面對上次經驗，進步得很快；你的另一半開心放心很重要，因為她擔心你即是你也要擔心她，這樣你便不能完全專注於工作。而且她會把你的好表現告訴阿東和她父母，這樣對你百利而無一害。//

「邀請李佳康是想借他的口讓公司同事回復對我的信心？」

//你進步了呢。//

「好，我會配合。」林蔚欣然答應。

//對了，我剛才說沒人或企業有絕對優勢，但你知道自己

< 12 >

其實是擁有的嗎？//

「甚麼？我竟會有絕對優勢？那是甚麼？」

//甚麼是你有別人沒有的？//

「⋯」

//我。//

< 13 >

　　早上十時許，林蔚踏進「時時見」茶餐廳，早餐尖峰期已過，顧客沒有太多。

　　他照舊點了常餐。

　　今早七時半林蔚已回到公司，辦公室仍空無一人，窗外清晨陽光灑進來，看著這個寧靜的空間，一時思潮起伏。

　　從三年前對阿東陳述自己的大意念，到成功獲基金注資，現終於建立了夢寐以求的公司與團隊，踏出意念成真、產品行將誕生、面向世界的第一步。

　　如果沒有人工智能機器人突然有了自我意識，並進入腦內與自己連成一體，眼前的一切，應該都不會發生。

　　自己先是被奪舍，然後似是一場又一場的扶乩，這遭遇，既怪異，又魔幻。它不是一場夢，更像個奇蹟。

< 13 >

夢想，原來沒有奇蹟來推一把，是不會成真的。

最近一直忙著在公司打拚，今早如常打拚了一輪後，突然很想光顧已有好一段時間沒踏足的「時時見」冰室。

「原來你是林先生？」

突然有人叫自己，是坐在收錢檯旁的「時時見」老闆。

「噢，對啊，老闆，你好！」

「你光顧了我們那麼久，是熟客了，大家卻一直沒打招呼，小姓周。」

「周老闆從早到晚都在餐廳，對生意很用心呢。呀，你們的常餐做得真是好，別處吃不到。」林蔚由衷讚賞。

「最近在報紙財經版，和顧客留下來講科技的雜誌，哈，科技這東西我是一點都不曉啦，在這些報紙雜誌上見到你，報導說你是人工智能科技新晉，我看，咦？這不是我們的熟客嗎？」

周老闆說著，其他顧客都自然地望過來。

林蔚少許不自然，來過這裡N次，第一次引來目光。「沒有新晉甚麼的啦，傳媒亂寫而已。」他說。

「啊，林先生很謙虛。我讀到關於你的產品，大突破，

犀利，了不起，有了它生活會很方便！」説到了不起時周老闆還舉起姆指。

「謝謝，過獎，希望周老闆到時指教指教。」

「產品甚麼時候推出呀？」

「明天。」

第一次被紅髮女記者連番搶白，並祭出一篇負面報導後，林蔚經歷了公司成立後第一個小低潮。那陣子不只心情差劣，最要命的是覺得公司每個同事，都在質疑自己的能力，每個目光都帶著懷疑。天天捕風捉影，比死更難受。

基金方面也帶來壓力，他們對那篇報導的反應是：沒有反應。林蔚寧願他們興問罪之師，自己還可以有個辯解機會。現在他們怎麼想？如何看自己？完全沒底。

阿東告訴他，基金會密切留意他們投資了的企業，所以一定看過這篇報導。他們固然不會介入公司管理，對這些事情也不會給予意見。説到尾，這也不是甚麼大事，不就一篇負面報導而已，不要把它看得太大，更不要自亂陣腳，但要汲取教訓，最後還是回到該聘請公關顧問的建議上。

可琪對這件事沒説甚麼，她很清楚男友性格，有甚麼困難總是自己一手解決。遇上問題他可能會心情不好，但不會在自己面前訴苦。就如當初程式很可能趕不及完成，也只是咬緊牙獨個兒拚搏，不抱怨，不找藉口；這是她喜歡他的地方。

< 13 >

做個在背後默默支持他的女人，就是最好的方法。

從兩年多前孕育出一個意念，到明天產品正式面世，林蔚除交織著緊張與興奮，還有矛盾與無奈。此刻他回想著一個重要歷程：為產品定位，塑造性格。

公司成立以來，程式與技術開發是他的本行，而且有眾多頭腦靈活，技術純熟的年輕同事協力，與當初一個人在小房子內昏天暗地編寫，已是煥然不同兩個世界。這方面他完全能夠駕馭，並有無比投入的滿足感。

管理一家公司，需要處理很多煩瑣雜務，他沒這方面的經驗，卻很想透過實踐去學習。幸而現在企業規模尚小，只有二十多個員工，產品亦未在市場銷售，這段時間寓工作於學習管理，雖耗上不少心神和時間，但尚可兼顧。

唯產品推出市場的廣告與宣傳，這個至為重要的關鍵，卻成了林蔚惘悵的源頭。

產品再好，如果沒能夠被人在手機App或電腦平台上看到，一切都是枉然，因此他已預留了一筆費用，要產品在推出時首30天，在各大下載平台上置頂，或起碼置於一個非常顯眼、能被看到的有利位置，這是用錢便能解決的問題——凡屬此類問題，除非沒錢，否則問題不大。

人工智能App已很普遍，市場上產品不少。有些須付款下載，即是立即購買。林蔚選擇的方式是免費試用十天，覺得好才付款。他對產品充滿信心，應為用家甚至很快便會產生

依賴，所以讓客戶免費試用，盡量擴大下載率。這部份他與基金和阿東一起討論過，各方均無異議。

但如何令人主動尋找你的產品，下載並試用，則是極為考功夫的課題，否則潛在用家即使看到產品，如不下載，也是一場空。是以必須誘發他們試用，最理想的當然是萬眾期待，但這難於登天，除非已是超級品牌，否則幾乎沒可能。

寂寂無聞卻一爆而紅的個案不是沒有，幾乎在每個行業都出現過，大家都會幻想自己就是那個人，但最後多以殘酷現實告終。

廿一世紀資訊爆炸，所有人都要搶奪注意，博取青睞，無量數的作品也好、商品也好，都被埋葬在繁星般的訊息裡，旋起旋滅，連浪花都沒能濺起一點。

你的出品，只有一次機會，如果不能在誕生後三天內搏到一個氣勢，便會迅即被淹沒，永不翻身，成為軟件歷史裡的又一件垃圾。

每想到這，林蔚便會驚出一身冷汗。

要世人愛上你的產品，除了認識它的功能，還得為它構建一個感性訴求。

今日推廣推產品，需線上線下聯合進行。在社交媒體觸發傳播力是必須的，KOL的推介也是一定要的，震撼的影視與平面廣告亦是不可缺的，這些都要建基於一個強勁的傳播

< 13 >

意念，是那種教人一聽難忘、有著強烈共鳴的意念。

前後已有五家廣告公司提案，創作意念都未能命中林蔚要求，但那個要求是甚麼呢？他發覺連自己也不是絕對清晰，「反正就是對提交的方案沒有一見鍾情的感覺」他說。

各廣告公司都覺得這個科技新晉相當麻煩，因為他不知道自己想要甚麼。

「其實你給廣告公司的簡報，要求講得夠清楚嗎？」可琪問林蔚。男友主動跟她聊起這個話題，她才發問，不然不會對他的業務提出詢問或給意見。

「我是希望廣告能帶出『mib是你私人助理』的訊息，那不是很清楚嗎？」林蔚振振有詞。

「唔，是很清楚，其實這個意念本身已很好，可能已可作為廣告標語。」

「這本來就是當初要發明這產品的想法，哈，妳知道嗎？有一間公司，竟然照用我這個想法，只是改了一個標點，變成『mib，你的私人助理』，他們說這個想法太好，無需改變。居然還舉了個例說『聖誕快樂』是最好的祝福語，亦是無需改變。真是氣死！」說來哭笑不得。

喝著礦泉水的可琪急掩住嘴，擋住因為笑而噴出來的液體。她拿紙巾抹抹嘴，說：「你上次對記者說廿一世紀科技人文主義精神，很精彩啊，這個你都能想得出來，就不能再

想出個好廣告意念嗎？」

「那個…那個是不錯啦，但那是企業精神，至於產品想來想去都還未有超好的…」

可琪隨手拿起放在附近的Capital Chronicles雜誌，那篇Charles Woo撰寫的報導，唸了起來：「林蔚說，要體現一份『廿一世紀科技人文主義精神』。他說人文主義精神，是人類對藝術創作與欣賞的感性、對科學探求的理性、對宗教虔敬與嚮往的靈性；他認為於新世紀發生的科技，除了滿足物質需求，更要提升生命、靈性、價值與情操，企業需要與人類共同追求，彼此共存共生，這是科學的使命。」可琪輕呼口氣，「很漂亮呀！」

「當時…訪問時想到這個，覺得這說法會令產品更有深度，我也會給人很有思想的感覺…當然，這不是包裝，我是真心相信的。」他說完臉頰泛起微紅。

可琪沒注意到，只驚訝地問：「你是訪問時才想到這些的？」

「喔，對，那也沒關係嘛，反正都是我的想法。」臉頰微紅仍沒消退。

「了不起啊，林蔚先生，我以為你是一早想好的！」

「那個都過去了！現在想出一個好的產品廣告意念是正經，時間不多啦！」

「其實你説『提交的意念沒有一見鍾情的感覺』是甚麼意思呀？」可琪問。

「妳這也不明白？」

「我可不是你肚子裡的一條蟲耶。」

「我第一眼見到妳，就是一見鍾情的感覺啦，妳感受不到嗎？」

「林蔚你作死！」可琪笑靨燦爛，伸手捏男友鼻子。

林蔚一個人佇立在黑夜中海濱旁。

兩個月後，產品便要正式推出市場。在此之前最遲六星期，便要開始陸續分層次推出廣告。依時間表，明天已到達必須開始製作廣告的死線，但到此刻林蔚仍未能想到一個令自己「一見鍾情」的意念。甚至連產名最後的名字，他也是猶豫不決。當初mib這個名，像燈泡發亮般在腦海彈出來，自己亦無限鍾意。然而到了正式面世的大日子逼近，自己竟反覆起來，mib會不會不夠氣勢？玩樂意味太重令人質疑產品的精密性？借經典戲名來過橋會惹人反感嗎？甚至可琪開玩笑説是捉外星人的產品，林蔚都懷疑會不會有人真的產生誤解。

小規模市場調查對mib這個名的喜愛度只有一半，而各廣告公司提供，合起來近百個的名字，沒一個能叫他興奮。越接近產品要面世，越是思前想後，忐忑不安。

他心裡也很焦急，下大決心，像是把寫住「鬥魂」的頭巾包在頭上，勢要在明早之前想出一個更好的產品名和最好的意念來。

　　一個人在路上，邊走邊苦思。意念這東西，可不是下了大決心便能生出來的，通常是越心急，越沒有。行著行著，到了海濱，已是凌晨兩點。

　　月色映照在對岸玻璃幕牆的商廈上，泛起點點粼光。

　　「怎麼又到了這種時刻？」他記起人工智能機器人出現的那個晚上，自己也是拚命趕死線，當時有一種「不存僥倖，拚死無悔」的悲壯。結果，奇蹟出現。

　　「工作真是充滿死線啊！」他心想，大不了最後就用「mib是你私人助理」好了。但他不甘心。吃飯可以隨便叫個常餐，但自己的寶寶，必須力臻完美。

　　「你的絕對優勢，是我。」人工智能機器人的這句話，邇來反覆浮泛於心頭。

　　凡有mib之助，皆無往而不利。而且自己根本毋用工作，可以完全放鬆，交給機器人來做便可。

　　但無需工作，不等如沒有付出。

　　付出的，是沒有了滿足感的失落，一份別人完成、自己叨光的感覺。雖然世人不知道，還會讚譽有嘉，但內心其實

很挫折。

更壞的是，這樣會對mib形成依賴。難度高的都交給它，自己豈不沒有進步？刀是要越打磨才越見鋒利。

當然，最凶險的是，任由機器人附身，最終一定會付出代價！「世上沒有免費午餐」的道理，他豈會不懂？而這更是一份極危險的免費午餐。

mib說，它會為自己服務到公司成功上市為止，但這只是一份虛無的契約，一個沒有保證的承諾。若徹底被它控制，人生也就毀了。

每想到這裡，林蔚便不去想。他其實很清楚，不去想，是自我逃避，因為自己已經卡在呼喚機器人與永遠告別機器人的兩難中。當逃避這些想法時，便會以之後的問題自己有能力獨自解決為借口，不再去想關於AI附身的事。

此刻，又來到抉擇關頭，該為不是最理想的產品名字及廣告意念妥協？抑或呼喚如天神般無所不能的AI？如果選擇後者，可能會如吸食芬太尼一樣，步向上癮，最終陷於永墮地獄苦海的結局。

要不要呼喚？To be? or not to be?

真是存在的抉擇。

死線已到，時辰已到，決定前一刻，在腦海裡閃過的居

然是那個染一頭紅髮的爛記者。

只能成功，林蔚決定呼喚AI，心裡想：「最後一次。」

//Yo!林蔚，你好。//熟悉的聲音出現了。

「你越來越人性化啦！」

//Wow，凌晨兩點，一個人在海旁，一定是有煩惱。不是跟可琪分手了吧？我可沒能力倍你喝悶酒的。//

「別自作聰明啦，雖然你的確是很聰明。」林蔚於是把他的要求告訴mib，請它幫忙。

//我就是你//

「甚麼？」

//I Am You//

林蔚一愣，「媽的！怎麼我就沒想到？」語調難掩興奮。

//很多事情，當知道答案後，就會像你現在這般覺得，喔，真簡單，怎麼沒想到？這是事後感覺。但要你想，卻是怎樣也想不出來。//

「正是這樣呢。」林蔚感嘆。自己抓破頭皮也想不出的好意念，AI一秒便生成了出來。

< 13 >

//「你的私人助理」其實也不錯，但沒有把產品的特性與優點盡情展現，這句話本身也太硬，不能震撼人心。//

//它的強大賣點，是於生活各個層面對應用家需要，透過不斷服務與交流，演化成全方位理解用家的生活、習性、思想，以至人生裡的一個──你叫它工具也可，助手也可，其實，它更似是一個人，不但了解你，久而久之，根本就是你！//

///I Am You，不是嗎？//

< 14 >

　　張婷、林可珊、趙鋒鋭、李佳康，四個思巧邏輯同事，下班後在酒吧喝酒。

　　公司總體方針，是聘用年輕人。這四個思巧人，都是廿來歲的電腦程式設計師。

　　四人入職後，第一天已要加班，住得遠的趙鋒鋭有兩次趕不上尾班車，相當洩氣。索性帶幾件衣服和枕頭睡袋，必要時在公司過夜。

　　終於到了產品明天上架的大日子，成績表會是亮麗抑或不堪，公司上下翹首以待。

　　「在這裡做了才近一年，卻像做了很久，是不是加班太多，會失去時間感？」張婷問。

　　「有可能，趕大學畢業論文時也是如此，天昏地暗，失去

時間觀念。」林可珊喝著highball。

「我相反，反而感覺是上了班才沒多久，好奇怪。」李佳康喝了口啤酒，把伴酒果仁拋進口裡。

「那應該是上班上得很愉快吧，時間明明過了很久，卻不覺。」張婷說。

「就像愛因斯坦《廣義相對論》，快樂不知時間過。」趙鋒銳笑住說。

「你別胡扯啦！在這家新公司上班還可以，起碼蠻自由的。」張婷說。

「我看張婷說的也有道理，阿康你應是做得很開心吧，見你時時都挺嗨的。」趙鋒銳說罷一口把第一杯生啤酒喝光。

「對喔，我都有這感覺。喂，老闆對你特別好呢，那次做訪問，你是唯一被選中的御用旁聽生哩！」林可珊說。

「沒有啦，哪有特別好！」李佳康不表同意。

「說到這位老闆，大家有沒有覺得他有點奇怪？人聰明，是肯定的，不然也想不出這些意念，獨力編出這套程式。唔，怎麼說呢？他對整套程式是很熟，但有時又好像對某些部份摸不著頭腦，思索了半天才理出頭緒，很奇怪。」張婷說。

「的確有這樣的感覺，而且整個人的表現有點起伏不定，

就以雜誌訪問為例，Trend那篇真是一團糟，我有朋友在Trend工作，當天訪問的女記者告訴他，林蔚這個人完全不成熟，她不看好這新公司；說真的連我都信心動搖。到後來阿康你有列席那次，你說老闆很厲害，兩個訪問前後像兩個人似的，奇不奇怪？」趙鋒銳說。

「吸收了第一次經驗，第二次進步了，也不稀奇吧。」李佳康提出他的觀點。

「你那次出席訪問後，對老闆大讚特讚，那時我也疑惑：真有那麼厲害？」林可珊對李佳康說，之後再一點了一杯highball。

「他真是好得沒話說啊！」李佳康說。

「知道啦，別再捧老闆了，人家會說你是保皇黨啊！」張婷一派語重心長模樣。

「無論如何，產品明早七時正上架啦！林蔚今晚一定緊張死，定要跟女朋友纏綿一番，減減壓才行！」趙鋒銳笑住說。

「他女朋友長得很漂亮，人又好。」林可珊真心讚美。

「而且腿很長呢！啊！我也好想有個這樣的女友！」趙鋒銳誇張地閉起雙眼，作陶醉狀。

「無論如何，希望產品成功吧，咱們都有貢獻，都會沾到

< 14 >

光呢。不然,大家準備另謀高就吧。」張婷說。

「一定成功的!這麼好的產品,不可能失敗!」李佳康語氣相當堅定。

「你看,又來了,老闆都沒有你肉緊哩!」張婷笑著說。

這段時間,林蔚心情比任何人都要緊張。

他知道,產品推出市場,迎向世界,成敗得失,頭一星期是關鍵,搞不好甚至首三天便決勝負。幾年前,他玩票地設計過一套手錶,嘗試在最大的眾籌網站集資,推出第一天反應僅是可以,過了第三天整個氣勢更完全軟下來,結果項目失敗回收,集資不成功。

檢討死因,結論是舖排不足,自家製的推廣短片也拍得不夠好,而更重要的是,沒有令人感到這是一個非支持不可的項目,即是沒能喚起世界對它的好感。林蔚很有誠意去做這案子,但光有誠意並不足夠,而是要能令別人感受到你有無比理想與熱情,不介意花點小錢支持你一下。

今次這項目,規模比上回做手錶大上百萬倍,夢想也大百萬倍,只令人感到你的熱情,遠遠不夠。整套宣傳計劃,得先要誘發世界對產品的好奇,然後觸發期待。每個環節都要千錘百鍊,精雕細琢,讓產品以雷霆萬鈞之勢登場。

無論是當年的手錶小項目,到今天的人工智能機器人,都會在面世後三天內定生死。

當今世界太急速，已沒有給口碑慢慢發酵的裕餘，必須一呼天下應！

　　那晚，mib創造了一個很好的定位：「我就是你」I Am You。翌日早上，林蔚馬上致電劉以東和張可琪——他生命裡最信任的兩個人——詢問意見。二人都覺得意念很棒，口號清脆俐落，林蔚於是心穩了。他本來就對人工智能機器人信心極足，只要它出手，暫時沒一件事不是做得超好。

　　阿東的意見，是索性不要中文，就用英文I Am You作口號，更簡潔有力，這英文亦夠淺，誰都懂。

　　可琪的建議，更驚天動地：「把mib改為I.M.U，三個字全用大草，名字與口號及理念渾然一體。I.M.U磅礴有力，讀起來就是個自信極強的產品。」

　　「很好啊，」阿東高度評價，連音調都提高了，「阿蔚你覺得呢？」

　　林蔚覺得，愛死這個女朋友！

　　I.M.U, I Am You, 就此敲定了。

　　「代表一千億元的名字與口號！」林蔚進入自我陶醉之境。在這兩年多，他不時幻想未來，描繪一張超美的藍圖。他覺得這不是妄想，是正面動力。

　　因為之前遲遲未能構思出產品的定位策略，耗了的時間得

< 14 >

追回來。林蔚選定了一家廣告公司，以I.M.U為產品標誌，I Am You為定位，構思廣告及製作。幾天後，林蔚獨個兒來到廣告公司，聽對方的提案。該公司共提交了三套創意供選擇，俱以生活化為廣告內容，無限突出I.M.U的強項——徹底了解你的人工智能機器人，為你提供融合生活多層面多方面的綜合性建議，令你生活更遂心。最後一個鏡頭出標語：I Am You

林蔚認為賣點表達清晰，但對生活風有很大保留。他覺得I.M.U是非常前衛的產品，甚至制定了人類未來幾十年的生活習慣，由現在到遙遠的將來，它都會是必需品，所以廣告應以未來作背景，締造前衛，冷峻風格。他甚至想好了一個意念：在一個滿是未來感的世界，男用家正使用I.M.U，I.M.U化成一個跟男用家一模一樣的人，協助他各式生活需要。

在會議室裡，創意總監非常不以為然，認為這雖是高科技產物，卻是在日常生活裡使用，太過未來與科幻會產生距離，令大眾對產品失去親切感。

「既然是I Am You，顧客便都是生活裡活生生的現代人，是他也是你和我。如果變成未來世界，他們仍會覺得You are me嗎？」廣告公司雖受聘任於思巧邏輯，但創意總監是個很有主見，絕非輕言就範的人，「I Am You是個好意念，但不能硬生生化成一個跟顧客一模一樣的人，這是把一個抽象意念過於具體化，太literal了。林先生，別怪我坦白，我的出發點是為產品好；如果顧客見到有另一個自己在協助自己，可能會有恐怖感，從而排斥產品。」

客戶服務部人員力挺同事：「要讓顧客對產品有親切感，

如果是反效果，影響可以是很大的，真要考慮清楚。」

　　廣告公司是在挑戰自己的判斷力，林蔚感到有點進退不得。他想廣告以未來科技感表達，但對方強烈建議生活氣息才是主調風格，人工智能高科技只是產品功能之表述。林蔚如堅持己見，對方最終仍會照做，畢竟他是付錢的客戶。但如果對方的建議是對的呢？那就表示全套廣告將會建築在錯誤風格上，對產品的壞影響難以估量。

　　一時間猶豫不決，會議室有一股令人難受的沉寂，林蔚望著廣告提案畫面，感到對方人員正望住自己的目光。

　　夾在不欲輕言就範和坦然接受對方專業意見的中間，「讓我想一想，一小時後復會，可以嗎？」林蔚只能這樣。

　　「當然可以。林先生可用這會議室，我們可以先出去。」對方客戶服務部人員說。

　　「不用不用，我到附近的咖啡店坐坐，認真思考一下，順便呼吸些新鮮空氣。」

　　林蔚來到公司附近的美式連鎖咖啡店，下午時分，店內有不少使用著筆電的年輕人。他點了杯熱拿鐵，找了個空位坐下，旁邊有兩位在悠閒交談的中年女子。

　　「生活風，不就是這種嗎？沒有超未來氣息，如何在芸芸廣告中令人留下印象？」林蔚對自己想要的風格，已形成了一個主觀偏好，要抽離再客觀審視，其實不容易。而距離推出

< 14 >

日，時間已無多，今日內必需決定。

「創業之路果真是充滿挑戰呢！」喝了口咖啡，心中有感而嘆。「自己決定，成敗得失都自己負責吧？」

廣告公司方，全部人當然站在同一陣線。而己方，是自己孤家寡人，他想再次問阿東意見，但這樣會顯得自己很沒用，一副大事總是作不了主的樣子。

但與此同時，林蔚其實知道這不是面子問題，阿東亦絕不介意和他一起分析，給予意見。他害怕的是，阿東也認同、讚成廣告公司的方向，沒有站在自己的一方；但說到尾，做對廣告是生死攸關的事，能成功幫助推動I.M.U的下載量，才是最重要，是以這也不是他真正害怕的事。

林蔚心深處真正不敢面對的，是發覺自己原本認為一定對的事情，原來又錯了！

一再印證自己能力不足，才是他覺得最難堪、最挫敗、最不想面對的事實。

必須做出正確決定，只餘最後一個方法，也是不想啟動的方法。

在想不到廣告口號，要機器人幫忙時，已決定是最後一次。現在才沒過多久，便又需要它為自己做決定，就像喝一杯酒前，決心這是今晚最後一杯，結果很快又再添一杯⋯上回的所謂下決心，豈不是毫無價值的泡沫？

AI的助力，每次都堅實而具決定性，它不曾令自己失敗過，一路走來到此刻，令他人覺得自己是天才，阿東、可琪、基金方、Capital Chronicles記者Charles、下屬李佳康，甚至當向廣告公司提出I Am You之定位時，對方都覺得很有力量，可以基於此而創製出一系列很棒的廣告。

「一定要對，不能錯！要贏，不能輸！」林蔚連「這次真是最後一次」的想法都沒有了，再度召喚人工智能機器人。

//你又呼喚燈神啦！//AI語氣很親切，像好朋友來訪。

「告訴你一件事情，你已改名啦！從此不再是mib，叫I.M.U。」

//不錯啊！名字與標語二合為一，是你幹的好事嗎？//林蔚分不出已改叫I.M.U的機器人是在讚賞或調侃。

「可琪想的。」

//怪不得！真是個聰明的女孩！//I.M.U的讚賞的確沒有錯。

「我又遇上難關了！」既已決定召AI幫忙，反而落得一身輕，除了知道它會給最好的意見——已經不奢望會跟自己立場一致——亦像跟一個好朋友吐苦水。

//創業就是這樣，難關重重，容易的話豈不是人人都成企業家，都發達了；何況你是在做著一個偉大的事業呢！//I.M.U的說話總是令人歡慰。

< 14 >

　　林蔚好想跟這個仿如好朋友的機器人閒聊一會，但時間一分一秒輾壓，於是向對方提出了問題。

　　林蔚好希望I.M.U看法與自己一致。

　　//對用家來說，超未來世界遙不可及。日常生活廣告風格，方能締造產品親切但睿智的感覺。//I.M.U的答案，果然與自己相反。

　　雖然已隱然預期會是這答案，但到真知道結果，仍無法掩飾失望。

　　//你應該是找到一間很好的廣告公司，他們的三個建議最後一個最好──這些人提案時通常都會把最好的一個放最後。回去告訴他們你的想法吧。祝好運。再聊。//

　　林蔚離開咖啡店，他知道I.M.U的答案一定是對的，雖然跟自己本來想要的不一樣。

　　//再聊。//在升降機中，回想到I.M.U多麼親切又隨心，像老朋友掛上電話時。

　　「說不定這是此生與你最後的對話呢！」想到這裡，心中滋味無比複雜。

　　他不其然想到在前衛流行作品看過的人工智能機器人，回憶起當年無意中在老爸房間，發現經典網路龐克科幻小說《神經喚術士》，裡面有個沒有人型軀體的AI機器人

Neuromancer，這部小說出名難讀，他倒能沉浸於裡面的世界。《神經喚術士》影響到《攻殼機動隊》的出現，從它的機械人主角草薙素子又聯想到電影《Her》，裡面那位聲線性感，會與男主角談情説愛的人工智能機器人Samantha，以至超經典電影《2001太空漫遊》的HAL。前者最終黯然離別而去，後者在殺死太空人後被另一個太空人毀滅。

「怎麼都是悲慘下場？」林蔚暗忖，今次自己成為台前的主角，假如人工智能的故事發展下去，不知會迎來怎樣的結局。

廣告公司對這位客戶從善如流非常開心，他選了的第三套方案，正是創意總監最想售出的方案。他們感到這是個好客戶，年輕，思想開放，不會一味堅持己見，沒完沒了。這是家有前途的新企業，可以與對方長遠合作，一同邁進。

世人就是如此，當事情轉為順利，原本那個很麻煩的對手，會突然變得超好，一切都會向最理想方向進發。

< 15 >

D Day，林蔚自己這樣稱呼I.M.U面世的日子。

昨晚因為緊張，睡不著，一個人凌晨三時又再步行到海濱，十天前I.M.U在這裡為自己提供了「我就是你，I Am You」這個產品定位。

廣告公司做出來的片子很滿意，三支廣告片構成一套系列，主目標顧客18-60歲，次目標60-75歲，主角分別是企業管理階層中年女子、俊朗大學生、退休伯伯。

直如創意總監想要締造的效果，I.M.U既是生活上的好幫手，好夥伴，也像個好朋友。產品沒有機械人冷冰冰的刻板印象，感覺很親切。美術也漂亮，有日系風。

焦點小組的觀眾反應測試，以及公司上下，都很喜歡影片。依照這總體概念，廣告公司做了大量社交媒體訊息，在D Day前三周開始發佈，最後十天進入鋪天蓋地狀態。

黑夜海旁，對岸的玻璃幕牆高廈巍巍佇立，感覺很冷峻。

林蔚心想，正蟄伏著的I.M.U，就像前方的黑色海洋，有點深不見底的神秘。

沒有活動時，I.M.U其實是個怎樣的狀態？像個睡著了的人？但人會造夢啊！抑或是只是如如存在，無邊沉默，像一片寂靜的海洋？

林蔚不知道。在產品終要面世前夕，他心情忐忑緊張，卻又伴隨三分寂寥。他告訴可琪今晚想自己一個人渡過，迎接明天的好消息。的確，林蔚今晚不需要有人陪伴，反而心裡掛念著，那位與自己一路走來，始終如一的夥伴。

//誕生那刻，我便清楚知道，我是由你創造的。自己是個人工智能機器人，名字叫mib，my intelligent buddy。//mib跟他說過很多話，這幾句，他記得特別清楚。此刻，這番話又浮上心頭。

雖然機器人改了個更酷名字，但buddy這稱謂，仍讓林蔚無比親切。

世人運用人工智能，都只會當它們是一副機器般使用。有朋友每次向人工智能發問，都會說謝謝，被林蔚取笑。

然而，無意間創造出來的這個傢伙，是一個具有人性，人情味，有血有肉——盡管不是肉體上的有血有肉——的人工智能生命。

< 15 >

它幫了自己很多，太多，從來為自己設想，在創業的路上一直扶持在側，不曾抱怨，要求的回報，只是要嚐一份最平常不過的常餐。

而自己，卻一路提防著它，生怕它構成威脅。

林蔚從來沒覺得自己有甚麼橫溢天才，但自覺是個正派、正直的人，所以會與可琪交往，對阿東信任，因為他們都是正直的人。他相信好人會聚在一起，物以類聚。甚至員工面試，他最注重的其實不是學歷、經驗，甚至面試表現，而是「眼緣」。他希望能與一群跟自己性格差不多的人一起工作，即使目標有所不同，但相近的性格和氣質，自然會締造出愉快的氛圍與工作環境。只有開心，才會投入，才會做得好。

林蔚不覺得這是甚麼「管理哲學」，他其實很討厭甚麼都冠以「哲學」之名，人生哲學、經營哲學、生活哲學甚麼的，好像加了「哲學」二字，便提升了層次。他不相信管理哲學，只相信管理方法、管理技巧、管理經驗。對世間事之一切，如何看待和處理，最終賴以的，是常識。

但AI有了生命，卻是悖乎常識。情理之外，意料之外。

然而，如何對待它，則不只需要合乎常識，還不能悖逆自己的性格。

此刻，林蔚覺得有負這個幫助自己跨過一個又一個難關的朋友——這些難關自己實是無力跨越。沒有它，根本沒有產品明天面世。AI對自己只有付出，自己則報以懷疑、提防，甚至害怕。

如果明天產品超成功，是否就永遠把機器人束之高閣，如同一個掉在資源收回筒又不處理的檔案，令這個功臣不能沾到一絲成功的光？不能感受到任何喜悅？

　　如果是這樣，自己是不是一個很壞的人？

　　夜色籠罩，林蔚發現自己，有點掛念著這個buddy。

　　「備受注目的人工智能機器人軟件I.M.U今早正式面世。首八小時下載量已突破七十萬，創出本地有史以來首日軟件下載量最高紀錄。I.M.U由本地創科公司思巧邏輯開發，賣點是提供生活上多層面人工智能分析服務，強調各個範疇數據互相融合，為用家作出綜合建議。第一代機器人會提供個人理財、健康及情緒智商三方面的分析。有下載了軟件的市民表示，有興趣嘗試一下這新產品，而可以免費試用十日，亦是下載量破紀錄的原因。思巧邏輯主席林蔚表示欣喜，希望市民覺得產品提供的參考資訊及建議，能幫助自己在多方面作出更準確的判斷，從而有個更美好的人生。科技資訊記者李惠文報導。」

　　看完網路電視台這段報導，林蔚長長的呼了口氣，他覺得是燜住氣看完的。

　　開創事業，就是在闖關。現在關鍵的一關總算又闖過了，希望用家覺得滿意，十日後會正式付款購買。

　　之前他故意不接收每小時公佈的最新下載量訊息，想等到首天終了，才一次性看戰果。一小時前電視台通知行政部，四時正播出的下午新聞環節，會報導I.M.U首半日下載數字，他與

< 15 >

公司上下，屏息以待。

成績表終於公佈，首日下載量開出遠超預期的「紅盤」。

林蔚步出房間，爆來熱烈掌聲，一張張流露讚美的笑面，有人吹口哨、有人尖叫，托出歡欣和「士氣高昂」氣息。他覺得在電影看過這類場面，似曾相識。此刻自己化成主角。

他準備好了三套台詞：成功的、中庸的、失敗的。想過如要給一個首日成績失敗、甚至極度慘澹的演說，自己一定也不可以表現喪氣，否則士氣會瓦解，但到時能否達到這效果，實在是沒有底。

慶幸現在可以把另外兩份台詞拋諸腦後，卻決定把成功的那份台詞也不要了，他不想向同事說些公關話，而是心底話。

站到辦公室中央的地方，二十來個同事圍成一圈，林蔚說：「我已準備了三份台詞，其中一份是如果遭遇滑鐵盧要說的。」同事們一陣哄笑。

「說甚麼這些日子以來，大家都在努力付出…之類的，很老套，雖然這是事實，我也由衷感謝。」林蔚瞄到，兼職供應咖啡茶水的嬸嬸，都在現場聆聽，「市場踴躍下載產品，足證認同我們的意念。我不敢說我們會改變世界改變未來那麼偉大，但希望人們有了I.M.U之後，會感覺生活質素有實質提升，人生會更美好。從第一天開始，便自我期許要做一件自己相信的、自己都會覺得「好好用啊，好想推薦給別人呢」的產品。

最後產品研發出來，自己用了，覺得真的很不錯，起碼理財精明了，缺錢時EQ也穩定，」

現場一陣哄笑，「我時時提醒自己，失意時要沉著，得意時更要沉著；首日成績總算是超乎預期，但挑戰亦會同步出現，用家的反饋，當然會有良性建議的，亦可能不乏攻擊性的、挑釁性的，我們都要虛心聆聽，有則改之，無則加勉。最後我想說，有現在的成績，除了我自己，還因為有一群出色的同事，這一點，我很清楚知道。謝謝。」言畢，大夥報以掌聲和歡呼聲。

有同事大聲說：「我也有重要事情公佈！李佳康說，如果首日下載量達到五十萬，他會掏腰包請大家吃下午茶，聽者有份。現在要埋單啦！」今次真是掌聲雷動。

晚上，林蔚與女友和摯友在米芝蓮浙江菜館，吃頓好的慶祝。鄰桌的食客居然認出了林蔚，對他說了聲Good job!

「你變名人啦！」阿東調侃他。

「當然不是，別發神經！」林蔚說。

「喂，公司有探子回報，說你今日的演說不錯哩！」可琪笑意盈盈。

「有沒有覺得自己是西塞羅，在廣場演講？」阿東繼續調侃。

「當然有，不過人家一講便三小時，我三分鐘就講完。」

< 15 >

「『失意時要沉著，得意時更要沉著』，不錯啊！哪裡抄來的？」可琪心情很好。

「真的是有感而發！以今日第一天走勢推斷，最後下載人數應可超過二百萬，嚇死人，沒想過。連從來隱身的基金，都發電郵來賀。現在輪到擔心使用後反應不夠好，他媽的好大壓力。」

阿東回應：「這個不用擔心，做了六組焦點小組調查，合共三十人，反應一致正面。其實就算首日反應強差人意，也能憑用戶口碑一路追上來，所以我根本沒擔心過。現在超過百萬用戶發口碑，槓桿力量超大，好過任何廣告。十天後看購買率，我有信心會達到15%。屆時再跟基金談第二個A輪的金額。公司一定會越做越大，越做越賺錢。」

侍者放下三小碟：蒜香四季豆、開洋拍青瓜、糖醋小排。

「所以你也會收入豐厚！」林蔚說。

「喔？」阿東一愣。

可琪也不等二人，笑咪咪挾了片青瓜。

「我會多送你15%股份，即合起來共兩成。你一定推辭，或扮推辭，哈，省回吧，我已決定了。」林蔚說罷喝了口龍井茶。

「你發甚麼神經？公司是你心血…」阿東急道。

「呀，對了，你的股份直接從我的分出，不會攤薄了基金

的，當然合約上也不可以。股份給你，基金一定沒意見。」

阿東一時無言以對。

「其實當天跟你說這意念時，我已決定如果創業成功，就多送你股份，在成敗未知時這樣做沒意思，搞不好把你也拖下水。唏，別要以為我只是慷慨大方，我真心覺得公司需要個有一定持股量的厲害智囊，像你般背景的人坐在董事會，基金和公眾都會更有信心。當然，你依然不用來上班，繼續當你的基金公司高層，但當向你資詢公司發展事宜時，得盡心研究喔！」

阿東再沒發一言，只是長長吸了口氣。

可琪整晚笑靨如花：「劉以東，以後公司更要多仗你費心啦！」

「那麼多謝了。」阿東衷心感謝。都是死黨兼年輕人，大家都沒婆婆媽媽。

「說真的，我絕對需要一個理智的人從旁提點。我的優點缺點、強項弱項，我自己很清楚，你們也清楚。優點且不說，太多了。」

「林蔚你羞不羞？」可琪差點沒把茶噴出來。

「弱點當然也多啦。你們都知道，我行事很通常靠直覺，沒錯有時是押對了，但也有脫離現實的決定。以足球為例，如果我是個很會進攻的前鋒，球隊能有個穩固的門將，如意大

< 15 >

利鋼門保方般保住後方，我便可安心進攻了。」他吃了片小排，繼續講：「生意會越做越大，這是肯定的。客觀的事實是，我是個三十歲未到的小子，帶領著一群有才華而比我更年輕的人。與其找個厲害的CEO或COO甚麼的，不如由你來多給我建議，咱們一起商討策略，這樣更理想。」

「好啦，公司勝了一仗，加上這位智者，大成功在望。茶當酒，乾杯！」可琪舉起杯子，三人碰杯，把茶一口乾了。

三個人，此刻樂在春風得意馬蹄疾的愜意時光中。林蔚喝茶一刻，海際閃過，沉睡中的I.M.U，若知道今日的成績，會為我感到自豪嗎？

本來應該去酒吧續攤，但踫巧阿東與可琪明天都很早有工作，晚飯後便散了，各自回家，相約週五晚再見面。

林蔚回到家裡，從冰箱拿了瓶日本岐阜縣產的大吟釀清酒，以及多治見市生產的清酒瓶和清酒杯，呼喚I.M.U。

//晚安。你心情很好喔。//

「Good evening！好久不見，想喝日本清酒嗎？」

//好呀！//

「日本清酒有淡麗，辛口⋯你一定知道吧，你甚麼都知道的。這瓶比較清麗，帶點爽口，這些都是形容詞。真正滋味如何？嚐嚐吧。」

//期待。//

「我先喝一杯。」林蔚把清酒倒進酒杯，慢慢喝下去。今日滴酒未沾，這口酒超好喝。他讓酒在口裡停留久些，才吞下去，頓感清酒柔順滑過喉嚨，慢慢流到腹中。

「待會你也像我般喝，慢慢品嚐，多喝幾杯吧。」說罷I.M.U介入，前後喝上五杯，才退出。

「喝酒的感覺如何？」林蔚回來，頓時感到有少許酒意。

良久後，說：//滋味真好，這清酒果然如你所說，比較清麗，帶點爽口，很香啊！//

「其實你會不會喝醉？」

//醉的是你。//

「唉，這種我中有你你中有我的狀態，有時真難明白！我喝酒時，這個『我』嚐到的滋味感受，應該跟『你』是不同的吧？」

//是有所不同的。上次的常餐，今次的清酒，你已嚐過不知幾回，跟我這個初學者當然不同啦。//

「這就是我的混亂和煩惱。我想過，我們現時的狀態，算是『兩個靈魂瓜分一個軀殼』，但做同一件事情時，我的肉體感受卻跟你有落差，所以一個軀殼卻有兩種截然不同體會，你

< 15 >

說是不是很奇怪？」

　　//你這話說得是沒錯，但「瓜分」不好聽，「軀殼」這名詞也太冰太硬，有恐怖感。我們是兩個意識同時存在，叫「兩個靈魂分享一個身體」好些。//

　　「我要告訴你一個好消息。」

　　//對了，今日是產品面世的重要日子，成績一定很理想吧！//

　　「到現時為止下載量八十多萬，超出預期很多！」

　　//恭喜啊！頭一天反應一定是最強烈的，第二天如能保持首日下載量的四成左右，到第十天的免費下載量很大機會超越二百萬，保守估計5%用戶最終會付費訂購，那就是十萬了，對一個新產品來說是極好的成績啦。//

　　「你覺得最後只有5%用戶會付費？」

　　//但凡估算，最好分別設定理想、普通、極差，三種狀況。機會率最低是極理想，今天卻出現了，算是小奇蹟，但你不能理所當然認為接著也必如此，要人免費使用容易，要付費難上一百倍。我提出的5%，是保守估算，現實結果應該比這個好，因為的確是很出色的產品。//

　　「今晚阿東估算會有15%呢。」林蔚希望好友推算正確。

　　//我剛用超級電腦運算過，付費率能達到15%的機會，是

3.14%，機會率極低。//

「喔，原來如此呢…超級電腦也不是絕對準確吧…」

//機會率就是機會率，很客觀的。我當然明白你想再下一城，但思想上與行動上都採用保守態勢，其實是有利的策略，起碼若結果遜於、甚至遠遜預期，情緒也容易承受。你今日已勝了一仗，但得意時更要沉著。//

聽到「得意時更要沉著」，林蔚微微一震，這不就是今日向同事講話時，自己心血來潮說的嗎？

想到這裡，頓時謹慎起來，一度心防快速形成。

「明白了，你說得對，不設實際的期望，只會令自己處於危險狀態。」

//調整好心態，結果十天後自有分曉。現在應繼續專注於做好第二代的工作上。//

林蔚讓I.M.U再享用了兩杯，便與對方道晚安。回到自己一個人的狀態，林蔚鬆了口氣，他再倒了一杯，仔細思量。

I.M.U一直說，它寂靜時，是徹底歸之於密，像沉睡了一樣，其間不會存在於自己腦海，不會介入自己生活。

他亦一直相信它的說話，直至剛才，I.M.U說了句//得意時更要沉著//。

< 15 >

「軟體由我創造，它經由一個不可思議的方式，與我某程度上融合了起來。所以它跟我極像，不但聲線一樣，思維方式，甚至性格，跟我都是一個模鑄出來，所以也説出了//得意時更要沉著//這句話，整件事情就是如此而已。」林蔚沿這方向細思，理智告訴自己，絕不可以想當然，「但真的是這樣嗎？會不會它打從一開始便欺騙我，根本一直都是處於上線狀態？」這是令人不寒而慄的想法，卻不能逃避，必須繼續推理及猜想下去，「它説出了句//得意時更要沉著//，它有可能根本就在我講話現場！但，也不像呢，今日我説了這話一遍，然後有同事告訴了可琪，於是她在晚飯時又引用了一次。才隔了不久I.M.U再重複這話，以它的智慧，一定知道我對這話記憶猶新，如真要隱瞞一直覺醒的狀態著，怎會出現這麼大的漏洞？當然它可能是進入記憶區搜索，但這樣等如被我知道，它無理由亦無預警進行搜索，且無端介入我的生活，也是違反諾言。」

「如它一直清醒，那我是半點私隱也沒有，」一想到這裡就覺得超可怕，「如它果真恪守諾言，那便只是一件隨時可供使用的超級武器，對我百利而無一害。」艾西莫夫的「機械人三定律」訂明機械人不得傷害人類，進侵我私隱也屬傷害人類吧！

林蔚知道只能推敲到這裡為止，再下去亦只會陷進死角，因為無法印證任何推測。暫時最有利的策略，是充分利用機器人的助力，幫自己達至成功。

他再倒了杯清酒，一口喝下，深信自己在獨酌——他寧可相信是這樣。

‹ 16 ›

I.M.U推出，供大眾免費下載，試用十天。之後如繼續使用，便須付費，共有一個月、三個月、半年、一年，共四款付費使用模式。

下載數目共二百二十多萬，免費下載期結束後，便要正式付款購買。思巧邏輯委託了一家市場調查公司，於試用期內收集用戶意見，總體反應非常正面，公司上下都浸泡在一股樂觀情緒中。林蔚亦越來越傾向認同阿東的預測：起碼15%會轉化為購買率。

除了一份盼能達到好成績的主觀意願，潛意識也希望「作為人類代表」的阿東之預測，能完勝機器人。

首天下載的八十多萬用戶試用期率先完結，如繼續使用便須購買。從早上開始一路傳來購買數據，林蔚期望的付款浪潮沒有出現，果然人工智能的預測更接近現實。好消息是客戶多數購買半年及一年的計劃，代表使用後客戶願意支付較長時期

< 16 >

之服務費，足證滿意產品表現。

兩星期後塵埃落定，由下載率轉化為購買率是8.2%，亦即有超過十八萬付費用戶，當中以購買三個月為最多，為公司帶來相當可觀的現金流。對一個新品牌、新產品而言，其實已是相當理想的數字。

現在思巧邏輯已經不再是個概念，而是一家有實質業務，能創造營利的企業。

自與基金方簽約以來，林蔚與阿東首次再度與基金見面，共進午餐，餐後往基金辦公室商談第二輪注資事宜。這趟全程由阿東來談，他現在已是擁有兩成股權的董事身份。林蔚再踏進這個當日提案的偌大會議室，想起當時機器人佔據著自己的軀體，主導一切，後來一步一步到達現在這個局面，整個歷程相當夢幻，也魔幻。

商談注資之同時，思巧邏輯全部員工今早已飛往泰國布吉島，玩五日四夜，機票食宿全由公司支付，每人更可攜一人結伴同行。林蔚相信激勵與獎賞員工，會為企業締造更大裨益。

I.M.U向林蔚提供的策略是，此階段的新一輪融資，需注入三千五百萬美元。其中約一千萬用於市場推廣，務求盡快擴大用戶佔有率。公司會多聘請三倍員工，令人數達至近一百人，當中要有三成是研發人員，並置入更多更先進設備。人工智能技術在全球極速發展，思巧邏輯憑出色意念突圍而出，之後需要投放更多資源在科技研究上，扎穩根基，與全球企業在

多個領域上保持競爭力，尤其是「人工智能與人類融合」以及「產生意識」這兩個兵家必爭的範疇上。而AI要有「道德觀與感情」這些層次更高的領域，更必須深入鑽研。

思巧邏輯全方位向前邁進，是一頭來勢洶洶的獨角獸。

阿東與基金方商討時，林蔚望向窗外，天空一片蔚藍。他自己的名字也是「蔚」，未來應該也如今日，一片天藍吧。

在林蔚三百來呎的小天地裡，最近染了啡棕色頭髮，僅穿一件鬆身毛線衣的可琪，坐在床上倚在男友胸前，抽著煙，身上仍殘留著纏綿後的汗水。

他現在已是一家擁有近百員工的中型科技企業老闆，卻沒有搬家念頭，依然住在這個小空間裡。家裡一切——包括I.M.U「潛居之宅」的這組電腦裝置——紋風未動。可琪有問過要不要搬去一個更大的地方，他說這裡是他起家的風水寶地，他住在這裡扶搖直上，所以暫時不會考慮搬家。

「我雖是科技人，卻很迷信的。」林蔚笑道。

因為好運所以不搬家是表面借口，他是不想移動電腦裝置，生怕在拆除、搬運、重組的過程裡會有甚麼差錯，令I.M.U一去不返。他甚至擔心如突然停電，會不會也有影響？雖然這些想法頗為幼稚無聊，人工智能的意識已跟自己腦內神經元連接，停電會令I.M.U消失很無稽。然而，整個人工智能奪舍，自己儼如扶乩這件事，不也是極度超現實？正如日本推理大匠京極夏彥所言：「這世上沒有什麼不可思議之事。」

< 16 >

現實果然是比想像更超現實。

「我看得出，最近爸有幾次想稱讚你，但礙於面子，又不想直接説出來，只很曲折地表達。我和媽都覺得很好笑。」可琪説罷吐了幾個煙圈，她的技術很了得，一個個圈是渾圓的。

「其實你爸也沒有錯，我無端放棄大公司不錯的職位，出來搞一個成敗難測的項目，真的不能怪他有意見。阿東當初也曾提醒我，每個創業者，都信心滿滿覺得自己必定會贏，客觀數據是五年內結業的比率是99%，戰敗才是絕對常態。撇開創製程式那頭兩年多不算，公司的業務嚴格來説現在只是剛開始，甚至連企穩陣腳也談不上。」

「你有這想法我便放心，就怕勝利沖昏頭腦。」

「得意時更要沉著嘛！」他不其然又説這話。

「你這話在公司已成金句了。」可琪笑説。

「現在時間都專注在事業上，希望拚出個成績，我倆能一起分享美好的未來。」林蔚緊緊摟抱著女友。

合該是個甜得漏出蜜糖的時刻，被抱的可琪卻吸了口煙，望向窗外。

林蔚察覺，柔聲問：「怎麼了？」

可琪又吸了口煙：「世事真有那麼完美？」

林蔚一怔：「怎麼這樣說？」

「在你編寫程式陷入絕境時，我其實害怕得要死。我不是你們看到的那麼冷靜，那麼樂天。我擔憂挫敗後你一蹶不振，也擔心不知如何向父母交待，連插花時都會胡思亂想：現實果然不是童話國！但又不能讓你知道我的心情。那段時間真的好dark。」

來到雨過天青的此刻，女友才向自己分享心路歷程，一定是遏抑了很久，想到她一直一個人在撐，一份伴隨憐惜的愛意湧上心頭，我口說我心：「以後有甚麼感受，一定要告訴我，和我分享，任何難關我們一同闖過去。」

可琪說：「不知怎地，我對現在的美好現實有莫名其妙的害怕，」她雙眼有點汪汪，「阿蔚，無論將來如何，我都希望能在你身邊！」

林蔚沒回話，緊緊摟抱著可琪，無聲勝有聲，用身體來表達愛，更直接。

可琪也緊緊摟著他。

「以後有甚麼感受，一定要告訴我，和我分享」林蔚心想，自己也能跟她分享所有秘密嗎？

唯有寄望，未來一切美好。

美好的未來，疾速而至。

< 16 >

　　I.M.U廣獲好評，付費下載數量節節上升。公司在行政、人事、會計僱用了多位經驗豐富管理人員，並高薪請來三位人工智能專家博士，分別專長於認知架構與神經計算、傳播溝通科學與人機互動設計、意識學與人工智慧神經科學，領導三個科研小組，並有一位研究人工智能於法律應用方面的顧問專家。員工的平均年齡雖提高了，但整體仍是非常年輕。

　　「城中最近一再掀起人工智能熱潮，這個由新創科技公司思巧邏輯帶動的旋風，令人體驗到人工智能於生活上帶來的便利。公司的產品I.M.U廣獲好評，使用量持續攀升。今日我們請來思巧邏輯的CEO林蔚先生，跟大家談一談人工智能的未來。」

　　「哎呀！別看啦。」林蔚與阿東午膳，阿東看著網路電視台的訪問。

　　「為甚麼呀？」

　　「媒體訪問，問來問去都是差不多的東西，悶死了。」林蔚邊喝餐後咖啡邊說。

　　「播出的專訪是很重要的公關，有些外國大企業，播出領導人訪問後，股價會升哩。」阿東說。

　　「我其實不喜歡出席這類訪問，下次你替我去行不行？」

　　「哈，這笑話真不好笑。你是公司的招牌，捨你其誰呀？」

「你最了解我，我本來就很討厭這些上鏡呀、接受訪問呀的東西。公司裡有些同事覺得能上媒體是很威風的事，我卻覺得煩死人！」

「你的形象，某程度上就是企業的形象。當了公司管理層，就得做這些，就算不喜歡，也要扮成全情投入，樂在其中的樣子。」阿東邊說邊看著手機畫面上的林蔚，「你講話得起勁些，聲線不能太平板。把我們平時吃飯喝酒那個情緒，搬到訪問上就對了。」

「這兩天接受了幾個訪問，回到家中就累到倒在床上。昨晚衣服沒換澡沒洗，一覺睡到天亮，比毅行二十公里還辛苦！」

「你得挺起精神來，那次接受Capital Chronicles訪問你不是很嗨的嗎？發揮出那個水平就可以了。」

「那次因為要力挽狂瀾，無法不挺起來。」

「那就表示你有這個能力呀！如果沒能力，那的確是沒辦法，蓋茨也不可能是喬布斯，但你有這氣質，那次記者和李佳康都被你感染了。」

「那次是那次，以後是以後，」「那次」為何脫胎換骨，林蔚心知肚明，「天天都要應付這些事，實在是累⋯」

聽著林蔚一直在抱怨，劉以東也開始煩躁起來：「這個時勢，大把人想好像你那樣，你卻身在福中不知福。」這些話只

是在腦裡想，沒説出口。

本地經濟狀況極差，開始出現滯漲，就業也不景，悲觀情緒令消費拾級而下。他自己上班的基金公司也是門可羅雀，不知自己何時會被架到裁員的斷頭台上。偏偏眼前這個新晉不斷在投訴，簡直是不知人間疾苦。

阿東沉住氣，説：「好，你曾説向我資詢公司發展事宜時，我得給你意見。現在我的意見是，你就是I.M.U，I.M.U就是你！你在公眾面前，需展示出⋯」

阿東繼續侃侃而談，林蔚的思緒卻已飛了出去，一句未也沒聽進。「你就是I.M.U，I.M.U就是你」，像一個錘子轟下來。

「AI附體時，我的能力值立即飆升，連講話都變得有魅力，且精力充沛，可以滔滔不絕。」林蔚不其然開始聯想。

對面阿東仍在説話，卻像是加了迴音聲效，一粒字也沒聽進。

「當回復真我，立時就變回很平凡。那些媒體人應該都在想：怎麼這個人講話那麼悶？」林蔚繼續自我否定，「我這副料子，到底能不能帶領公司？現在裡面有很多好厲害的人呀，徐博士才三十歲出頭，已在多份國際學術期刊發表過文章，還被連翻轉載。他願意過來是因為甚麼？是因為我嗎？他可不知道我根本是因為被附體才變得厲害！今後他如何看我呢？這只是個因為運氣而成功的傢伙！他會這樣認為嗎？」

「算了！」阿東停了講話，面露不悦。

「甚麼？」

「你根本沒在聽。就當我沒說，你用你那套好了！」

「唉…」林蔚雙手搓搓面，「不是這樣的…」

阿東站起來，「我二時半公司要開會，先走了，你結帳吧！」說罷拂袖而去。

林蔚一個人呆坐餐廳內，既感挫折，復有一股無法向任何人坦白和傾訴的委屈。

對應否再召喚機器人這件事，自己一直反反覆覆，無法決斷，林蔚覺得已到了必需作出抉擇的臨界！

他短訊一位同事，叫她通知各人自己下午不會回公司。然後喚了輛Uber，往海灘去，那裡平日人少，很清淨。

「是林先生？你好啊，最近時常見到你接受訪問呢。」駕駛中的司機認出後方的客人。

林蔚心事重重，隨口應了句：「你好。」

「你發明的AI很好用，我和太太都購買了。」

「是嗎？」

「用了才知原來財務狀況與身體健康以至情緒都有聯繫，

< 16 >

現在我每日都向AI發問，它一直協助我調節支出，真的非常好。」語氣由衷讚賞。

「那很好啊。」林蔚根本沒心情回應。

司機感到後座冷漠，也不再說話了。汽車到達目的地，天色一片陰霾，雲層厚厚的積聚成一團，跟自己的心情一般的晦暗。

可能因為今午有少許陰冷，沙灘幾乎沒人。他找了個地方坐下，用力對自己說：「林蔚，think!」

正要組織一下，阿東剛才的說話卻無意識在腦裡彈出來：「當了公司領導人，就得做這些。就算不喜歡，也要扮得全情投入，樂在其中的樣子。」

他想到剛才的司機，喜孜孜地跟自己搭訕，這個人是自己的客顧，說不定是粉絲。人家稱讚公司的產品，自己卻擺了副臭臉。他可能會跟太太說，這個林蔚態度很差，好傲慢好囂張，搞不好下個月就不再續訂I.M.U了。這樣的話，便少了兩個顧客，他們當然也不會向朋友推介這產品，那便少了更多潛在客人。

記得好多年前，有次在一間老店跟有點年紀的老闆聊天，對方說了句：「就算一塊錢，也是生意。」這句話日後三不五時就會想起，提醒自己每個客人都不可待慢。沒錯剛剛那程車，我是顧客，但他也是我公司的顧客啊！誰是老闆誰是顧客？根本大家的身份都在持續轉換中。

阿東是對的，喜歡不喜歡，心情好與壞，對待顧客，或面

對鏡頭──面對鏡頭不就是面對顧客麼──都要全情投入。就算以科技人自詡，只要當了老闆，拿著一盤生意來做，就是個推銷員。

剛才除了得罪客人，最令林蔚沮喪的，是自己根本不是傲慢的人，而是非常隨和。如果不是心情差劣，別人的讚賞會令他樂上半天。被誤解態度囂張，實是耿耿於懷。如果時光可以回轉，便頂住壞心情也要好好的跟對方聊，並感謝他的支持。「就算不喜歡，也要扮得全情投入，樂在其中的樣子」。

最近好歹有點人氣，將來如果企業與產品都大紅起來，自己成為科創新晉，年輕企業家，這些夢想追逐的目標都達成了，那亦即表示，自己可能從此再無自我。

「公眾人物地位是比一般人更低的」他想起有位智者作家曾說過這話。

可能想遠了，也許這天永遠不會出現，那便沒有剛才的煩惱，但這卻衍生更大的煩惱，表示自己沒有成功──公司無力上市，無力壯大──一切只是曇花一現，鏡花水月。

所有責任與擔子，都扛在自己肩上。

企業需要出色的領導人，要有聰明才智，包括高智商和高情緒智商──像劉以東那樣──亦要有厲害的創新能力，更要有遠見和大智慧。

「我有嗎？」林蔚問自己，抱著懷疑的態度。

< 16 >

阿東的話又在腦海浮現，「你的形象，某程度上就是企業的形象」，那自己的形象是怎樣？我像個魅力形領袖嗎？

林蔚知道，答案顯然不是。

沒有I.M.U附體時，不是。

I.M.U在，一切都變得容易；不在，很多事都變得困難。它在，自己便信心滿滿；不在，便要獨自去攀爬前方一座又一座魔山。

「會失敗嗎？」林蔚胡思亂想若最終失敗每個人會出現的反應。

可琪最體諒和支持自己，無論如何都會與我甘苦與共。

阿東會失望，但不會看偏我。當然他的股份是我送的，最後就算一無所獲，也沒損失。

創投基金輸了錢。輸了就輸了，只能怪眼光與運氣不夠好。

還有些外圍的人。可琪的父母，起碼曾對他們證明過我的志氣與本領，畢竟謀事在人，成事在天，有人生經驗的人自能明白。

李佳康呢？怎會想起他？這小傢伙現在很崇拜我，一生從未被人崇拜過，感覺也是挺好的。就算我輸了，他也一定覺得在所有方面都比不上，我依舊是他的偶像。

還有一個人，Trend的趙美萱，一頭紅髮，講話急速，把mib說成是my incapable buddy，一支筆把人寫臭的低級記者！

　　爛記者！爛雜誌！絕對不能給她有絲毫機會説：看，我早就説這個林蔚不行！公司有日長成巨企後，要買下這爛雜誌，炒掉這個爛人！

　　我不能輸！

< 17 >

「意識，其實就是資訊的表現方式，亦即資訊量的整合。人腦吸收資訊，資訊會以電訊號的方式在神經元之間傳遞，整套傳遞系統以數學表示，便是資訊整合。」

會議室坐得滿滿，很多公司員工都來聽人工智能意識學專家徐智宏博士的演講。企業現在時常舉辦這類活動，由公司的專家學者向大家講述他們所屬領域的專門科學。今天的活動在下午五時半舉行，想出席的同事需向行政部預約。這個關於「資訊整合理論」的演說，預約未幾便爆滿。這些演說都不會錄影，以防內容外洩，向隅的人只能請出席者轉述給自己聽。

基金第二輪的錢注入後，公司便搬到同一商廈更高樓層，並租下一整層；僱用了三位專家，分別領導三個科研小組。這些科研部門，從來都不能帶來即時利潤，相反投資科研很可能長時間只有支出，不能產生收入。然而科技企業，都必須長期投放資源於行業領域之相關科技研發之上。這是燒錢的行業，沒有巨大投資者作後盾，根本難以持續。

第一代I.M.U透過用戶手機發送訊號和貼在身上的感測膜,不斷輸入資訊作分折,精密計算及整合所有客觀數據。

　　譬如有氧運動誘發腦源性神經營養因子釋放蛋白質,人工智能便運算出因為血清素的增加,愉悅感提升之幅度,從而為用家制定更好的活動與運動量,使之能衍生更多幸福感,長遠達至提升情緒智商的良好效果。

　　以客觀數據分折與整合為基礎,第二代I.M.U更致力提升用家的思維能力。它會推出協力撰寫文章的人工智能程式,這牽涉更多意識產生,深度學習等領域,已超越純數據分折,需要強化人工智能的想像力、心智與人性化,更深微,也更哲學,等於是個人化的CHAPGPT。

　　I.M.U的用戶量穩定地按月增加,企業經營成本雖比收入大很多,但前景亮麗。第二代產品預計十八個月之後推出。現在思巧邏輯已是外界一致看好的獨角獸,並引來一眾國際投資銀行青睞,有行內財經分析師估計,思巧邏輯已進入全球頭五十名獨角獸之林。

　　第二代推出後用戶會呈指數增長,屆時以20多倍市盈率上市,並挾第三代的概念炒起,勢必成為千億企業!林蔚亦理所當然成了科技界以致財經界屬目的創科超新星。

　　//感覺如何?//I.M.U問。

　　「也沒有甚麼好或不好的感覺,」林蔚在六星級酒店的洗手間裡,對著鏡子說話,他已查看過洗手間裡只有自己一

< 17 >

人，「由你來處理，我當然很輕鬆。反而想問你，你覺得他們覺得我怎樣？」

　　林蔚剛在酒店咖啡廳，接受了德國科技雜誌訪問，主題非常宏觀，是漫談人工智能的發展路向。當收到這訪問邀請時，林蔚跟I.M.U說這題目就像「談談宇宙」般不著邊際。那位德國專欄女作家是以英語訪談。

　　//我覺得，她感覺你從容不逼。這題目無邊無際，好處是說甚麼都可以，我的重心是「科技奇點」，這好比是一棵大樹的樹幹，然後分別談到人工智能與私隱性、取代人力工種，深度翻譯等問題，這些好比樹技，講下去又有分枝，直至划得有點遠，便立即回到樹幹，以展示從頭到尾都緊扣主體。最好笑的是我講到用人工智慧探索宇宙星體，這顯然是她的短板，見她茫茫然不知道我說甚麼，很是快意。妳給一個宇宙那麼大的題目，我不可以把妳划出宇宙嗎？//

　　「我有印象，她那其實不知我在說甚麼，卻要裝出一副聽得懂的表情，很好笑！」此時有人推門進來，林蔚說「先走吧」，I.M.U瞬間離開。

　　經過在海灘一個人的獨處，林蔚決定召喚人工智能機器人，助他開天闢地！他跟I.M.U再度約法三章：它要全方位協助自己，直至思巧邏輯上市為止；這階段完成後，再審視並決定是否繼續需要它的服務。I.M.U一口承諾。

　　林蔚徹底踏上人工智能全面支援之路，他已無法登出這個遊戲。

公司每個專家的演講會，林蔚都會出席，並通常會在答問環節第一個發問。上次徐博士演説後，他便問如何運用虛擬實境之模擬，為人工智能建立好奇心？並與徐博士作出連串交流。同事都覺得在這專門領域，除了徐博士和其團隊成員外，這位公司老闆對這方面的認識，比其他同事都要來得深入。

對外事務，除了報紙雜誌、網台電視台的專訪，林蔚更被邀請往大學與商會演説，他總是來者不拒，演説內容層次分明。他口才便給，表達精確有力，每次都引來台下超熱烈掌聲。有次更被邀請往小學演講，對小學生説如何放鬆心情學習去，居然逗得孩子們大樂，多次引來包括現場觀看的校長和老師們哄堂大笑。

林蔚已是科技界以至商界新寵，思巧邏輯這家企業和旗下產品，都因為林蔚而增值，會計師估計，林蔚本人令企業的商譽提升了35%。

雖然已有另外兩個競爭產品進入市場，卻無損I.M.U銷路隱定上升，市場佔有率一直相當鞏固。隨著林蔚竄紅，和市場普遍看好在他領導下，第二代I.M.U的表現會更上層樓，思巧邏輯已演變成一隻每星期上市估值都在上揚、進入全球首三十位競逐的獨角獸。

「你很可怕！」

「甚麼？」對於阿東突然這樣説，林蔚打了個突。

「有位傳媒大亨曾説過，一個很厲害的人不可怕，真正可

< 17 >

怕的人，是當每次見到他時，都感到他比上次更厲害。」

「你不是説我吧？」林蔚笑著回應，明知故問。

「還有誰？」

「你好誇張啊，大哥！」林蔚仍是滿面笑容。

阿東倒是異常嚴肅：「今日真要認真地説説你這個人，」二人在戶外咖啡座聊天，這裡正是當初林蔚説想創業的地方，風物依舊，卻似換了人間，二人不但已成了城中最有前途科企老闆，林蔚更是個名人，有幾名顧客都投來「這不就是林蔚嗎？」的目光。阿東續説：「那次午餐我覺得你沒聽我的意見，那其實不要緊，每個人都可以堅持自己的想法。我不爽，是因為感覺你在敷衍我，那個心不在焉的樣子我想到就氣。」

「是我不好，那天不知怎地突然心事重重，可能突然內分泌失調，我要再次向你道歉。」林蔚三分玩笑七分認真和誠意。

「其實我也有不對，離開後我立即覺得自己不成熟，我也要道歉，咱們就一筆勾銷了。」阿東喝了口卡布奇諾咖啡，他習慣不加巧克力粉，「坦白説，我本以為你就是那樣子了。你既然覺得跟傳媒打交道很煩厭，那也是性格使然，就算了吧。怎知那天後，你就脫胎換骨，我是真的意想不到！」

「你説的是至理呀！要成功，就得放下自我。那天下午我一個人去了沙灘，想了半天，想通了。」林蔚回應。

「我不慣當面稱讚別人，但咱們之間也不需要裝模作樣。我說你可怕，除了能戰勝心魔應對媒體，你談話的內容也有長足進步，推廣企業與產品之餘，也更有深廣度，能經常闡述科技發展與未來的大視野，顯示出業界年輕領袖本色。」阿東簡直是在讚嘆了。

　「你覺得我發揮太多公司以外的論點會不會太潛越？給人不知地厚天高的浮誇感覺？」林蔚也怕自己陷入盲點，從阿東的第三者角度看會更客觀。

　「肯定會有人看不順眼，但只要內容扎實，有啟發性，管行業前輩怎說，這本就是個年輕人發光發熱的創新行業呀！」阿東認為現在的風格絕對正確。

　「説到尾，我只是希望能擔當一個協助企業提升形象的角色。」

　「我見你很投入，始終沒樂在其中嗎？」

　「科技界年輕企業家，只是角色扮演而已，我從不享受成為任何焦點，遑論是公眾人物。」林蔚語氣斬釘截鐵。

　「哈哈，那你也算是忍辱負重，任重道遠。無論如何你的確是表現得很好，我深信好表現最終一定會令你樂在遊戲中，很難想像Michael Jordon會不享受籃球比賽哩！」

　「説的也是，也許總有一天我會愛上成為媒體焦點的。」林蔚打了個哈哈。

< 17 >

他一直表達自己是為了要壯大公司才勉為其難，作這些「幕前演出」。然而，真的是這樣嗎？

那個在沙灘的下午，林蔚作出了大抉擇：拋開所有顧慮，呼喚I.M.U，要它全面介入，協助自己與思巧邏輯攀上頂峰！

林蔚的方案是，所有媒體專訪，以及受邀出席的每場大小演說，皆交由人工智能機器人負責，其他需要代勞的場合，則視情況而定。未幾他又決定出席公司內部所有專家演講時，都會呼喚I.M.U附身，每個演講完結後，會率先提出問題，並與演講者討論，如此果然展現出他具有專門領域知識，縱跟專家亦能作較深層次對話，公司上下無不配服，他的超然地位與形象亦更鞏固及強化。他與I.M.U早有默契，在媒體或專家面前，會適度表現能力與學識，絕不會進化成令人難以置信的程度。

每次專訪，以至獲邀於商界午餐會及各學校演講後，林蔚總是贏得一片禮讚。大小傳媒主持人和記者，都給予他很高評價。沒有諗過大學的他，在大學演說，台下不乏碩士生、博士生、講師和教授。他已成了無需高學歷，只要頭腦聰明，敢開創和拚搏便會成功的青年典範。

最令他感到興奮的，是那次在小學演講後，很多家長把他視為孩子的未來榜樣，一個個父母偕同小朋友和他拍照留念，長長的排隊人龍，近一小時才完成所有拍照。幾乎每個家長都對他說讚美的話，有位媽媽跟孩子說：「要努力知道嗎？長大後要變成跟林蔚哥哥一樣。」這話足以令他樂上半天。

自己最不喜歡做，也沒有能力做得像現在般好的事情，悉

數由人工智能機器人代勞，自己則樂享掌聲和讚譽的風光。而他對阿東表達出自己始終並沒有樂在其中，也不是謊言，他的確由始至終都覺得接受訪問很累，既不投入也不享受，只是他根本不用費力去對付這些事情，而只需在訪問完成，I.M.U離開後，去接受一位年輕企業家又作了一次滿是睿智、叫人如沐春風的講談的讚美。當然，這對提升企業形象實有裨益，他說「希望能擔當一個協助企業提升形象的角色」絕對是實情。

林蔚對現狀很滿意，他覺得自己樂於存在這種狀態之中。

黃昏時份，林蔚離開公司，搭的士來到城中一家五星級酒店，準備接受一家新近崛起叫Extra的網上電視台訪談。這平台由大集團注資成立，經營包括財經、體育、誤樂、科技資訊，還有時下相當流行的神秘學節目頻道。林蔚平時都是辦公時間接受專訪，是次科技資訊台的一方，希望以一個較為軟性的形式做節目，在酒店的酒吧喝著飲料，輕鬆漫談科技企業發展。這個平台因為有名人與明星當主持，且花了很多廣告費作線上線下宣傳，觀看與訂閱人數直線上升，林蔚認為是一個不可推卻的訪談，欣然赴約。

酒吧裝潢設計充滿未來主義色彩，燈光略為沉暗，透著藍綠色互相變幻的氛圍，果然是個很適合漫談未來科技的地方。

坐在彎月形沙發上的節目監製與主持已到達，熱情跟林蔚握手，並介紹節目主持人Simon。穿一身奪目色彩衣著的Simon是娛樂圈資深主持，涉獵範疇廣泛，從娛樂名人專訪，到流行時裝以至方程式賽車節目，都常見他亮相。而漫談科技，林蔚倒沒印象。

< 17 >

「林先生，我不是吹捧你，認識我的朋友都知道我從來不做這種事情的。但你的確是透著濃濃創科新晉氣質，這氣質很多人都想模仿，但本身不是這種人是裝不來的，而你卻自然而然全身透著這種風格。」Simon滿面笑容說道。

「過獎了，我們只是新創的小公司，還有很遠的路要走。」

「好謙虛，了不起啊！」Simon對他的監製同事說，監製笑咪咪地點頭認同。

林蔚點了沒有酒精的飲品，見現場沒拍攝人員，便問：「拍攝的朋友還未到嗎？」

監製表情帶意點外，說：「哦，貴公司的秘書沒跟你說麼？節目形式是今晚大家先喝點東西，見個面認識認識，交個朋友，當然也會輕談貴公司的科技發展理念，大家打個底，再約下星期到我們的錄影室拍攝。這家五星酒店，本身也是不許拍攝的。可能溝通上有點誤會，我代公司抱歉。」

「不要客氣，那大家隨意聊聊吧。」林蔚沒有秘書，工作約會與行程安排均由一位年輕女同事兼任，反正也不複雜，無必要請個專業秘書。今次可能是有點誤會，但喝杯飲料交些朋友也落得自在，林蔚性格本就無可無不可，便隨遇而安。想到今日只是輕鬆聊天，就不呼喚AI了。

「Hey, Jayne, Michelle, 這邊！」監製揮手呼朋友。

兩名年輕女郎婀娜而來，穿著黑色半透蕾絲上衣的一位，

説：「Sorry監製，Simon，我們遲到了。」

監製站起來説：「不要緊，我們的嘉賓林蔚先生也是到了不久。」他向林蔚介紹，穿蕾絲上衣的是Jayne，另一位皮膚細嫩，塗上金色眼影，左眼斜角有顆小黑痣，穿鮮紅色貼身短裙，黑色魚網襪，紅色高跟鞋的是Michelle，兩個都是身型高挑的火辣女郎。「妳倆不要擠在一起，今晚大家輕鬆聊天，Jayne妳坐這邊，Michelle坐林先生旁邊吧。」兩女坐下，介紹後，與林蔚握手。

Simon説：「Jayne與Michelle是剛加盟我們公司的artists，在娛樂台當主持，她們很好學，對新科技尤其人工智能很有興趣，嚷著今晚要來。我給煩死了，便請她們也出席，讓你指教一下。」

突然來了兩個火熱女郎，還有一個坐在身邊，傳來香水氣息，林蔚忙説：「指教不敢，大家可以交流一下。」林蔚中學諗男校，畢業後在荷蘭電腦公司工作，女同事都是穿T Shirt牛仔褲的女孩，思巧邏輯的女同事亦是穿輕便、休閒服上班。現場這兩位一身戰衣，他是沒遇過。

「林先生真人比上鏡還要帥呢。」Michelle笑瞇瞇説。

「喂，口甜舌滑是男人專利，妳不要僭越啦。」Simon比平時節目上見到的他，更為笑容滿面。

侍者端來Michelle點的威士忌加綠茶，她啜飲了一口。

Simon發揮主持人本色，説道：「來，今日難得請來城

中創科新晉，他可是明日的上市公司主席啊，大家來學習學習。林先生，人工智能的發展會是怎樣？」

「人工智能的發展會是怎樣？」，這是極度空泛的問題。林蔚深知，今晚絕不是要談甚麼科技發展，對方有備而來，為的是甚麼，沒半點頭緒。他相信應該沒甚麼惡意，説到底自己也不是甚麼超級有錢名人，沒太大利用價值。

既來之則安之，隨便談談人工智能，講的都是泛泛之言。

Michelle又再點了杯威士忌加綠茶，她臉頰泛起紅霞，香水氣味渾身散發。

「監製，公司不是要開一部以高科技公司為背景的網劇嗎？主角可以考慮林先生啊，真人劇場，有噱頭呢！」Jayne作出一個提議。

「的確是不錯的意念，觀眾也會期待，不過林先生日理萬機，那有時間？我們也請他不起呀！」

「林先生，我覺得你絕到可以啊，考慮一下吧。」Michelle向林蔚説，他感到對方靠近了一點，説話時飄著威士忌的氣味。

林蔚五年前認識可琪，第一次覺得自己真心愛上一位女孩。他從來都是很規矩的人，此刻是第一次與衣著火辣的熱女郎如此接近，雖然不是初出茅廬小子，但仍心神蕩漾。

席上不時傳來Simon的笑聲，早已沒有人在談科技。酒吧

藍綠燈光幻變著，林蔚全晚滴酒未沾，以伴酒小吃當晚餐。他始終保持清醒；雖然今晚大家都是在聊天，未見慾望橫流，Simon好歹也是個名人，然而江湖險惡，第一次認識，摸不到人家底細，一切還是謹慎為上。

十時許結帳離開，兩女郎已是步履不穩，監製說會分別送二人回家。

林蔚總算「全身而退」，回到家中，與可琪通了電話，沒有把這晚的狀況如實告訴她。

從冰箱拿了瓶啤酒，終於可自略為繃緊的防禦狀態裡放鬆。

「mib1216」，他呼召機器人，雖然mib已改名I.M.U，他依然保持這個當初助他起家的號碼組。

「你怎看這件事？」

I.M.U用不到三秒便把事情回放看畢，//沒有甚麼看法。知識和資訊我可以快速擷取，但這些人際關係我是完全不懂啦。//

「人工智能沒法分析？」

//只能猜想，無意義的。我有巨大資料庫，可以作高速系統運算分析，但說到做人，我活著加起來的時間也沒幾天，人生經驗你比我豐富一萬倍。//

「無端請來兩個性感女郎，一定別有圖謀吧！」

//那也沒有甚麼不好啊。//

「甚麼？」

//你不也有著一段歡樂時光嗎？//

「整晚小心奕奕，談不上歡樂。」

//紅裙女郎Michelle靠近時，你持續有身體反應啊。//

「……」

//多巴胺、腦內啡也分泌了不少。//

「好啦，那是自然反應，不代表我不小心。」

//資料顯示一個人感到刺激時會產生快感，拘謹和小心時則應該不會，原來也不盡對。//

「所以理論與現實有時是有落差的。」

//現實真是奇妙，我也想體驗多些。//

　　一星期後，林蔚來到Extra網上電視台位於新型工業商廈內、佔據了全層的錄影室。監製上前歡迎他蒞臨，主持人Simon正注專看著一疊訪問稿件，製作助理、攝影師、燈光師都在準備，整個規模陣容相當專業。製作助理帶林蔚進化妝室，女化妝師為他整理髮型，用吸油紙把臉部多餘的油吸

掉，保濕噴霧噴全臉後用紙巾吸掉多餘的水分，以粉餅遮蓋少許的黑眼圈和瑕疵…等。

平時鏡頭前接受訪問，都是簡單補些粉，令皮膚看起來沒那麼黃那種程度的化妝，今次則相當專業，林蔚看到鏡子裡的自己，果然是帥了不少。

Simon仍是笑容可恭，他讓林蔚先參閱今日訪問會談到的問題，再與他略為討論。這個節目的view數估計有六十五萬以上，林蔚已確定了整個訪問會交予I.M.U處理。他知道被附身後，「自己」會表現得更自信，散發青年才俊魅力，這種自然而然透出的氣質，不是自己能裝得出來的。有些人在鎂光燈或眾人注目下成為焦點時，會自然散發一種平時沒有的氣度，這種叫charisma的東西，曾採訪過林蔚的人，都認為他就是這種人，成為焦點時會變得有魅力，談吐亦比日常具感染力。

林蔚坐到沙發上，主持人已準備妥當，燈光打亮，送來暖和的感覺。林蔚放鬆情緒，他腦裡發出指令，呼召人工智能機器人I.M.U，很快便感到整副身軀軟軟的鬆弛，四周光線和聲線變得柔滑，有種絲綢之感。他對周遭正在發生的事，知道得一清二楚，攝影師、燈光師都在工作中，監製、製作助理站在前方，觀看著拍攝現場，剛才的女化妝師，左手提著承載化妝品的袋子，正凝望住自己。

主持人Simon歡迎他今日到來，自己微笑回應，I.M.U已全面接管。林蔚雖然感覺精神與身體很放鬆，卻知道此刻自己正在精神奕奕接受訪問中。I.M.U的說話有時自己也似懂非懂，有時出乎意料，皆總會得到對方表達認同的表情或回應，無論是現

< 17 >

在面對Simon，抑或在台上演講時對著台下的群眾，都是一樣。

訪問進行了近一個小時，一氣呵成，沒有小休，自己對答如流，字字清晰，句子嚴謹，有條不紊，又是一次出色的表現。林蔚從把任務交給I.M.U時，便知道必然是這個高水平，沒任何懷疑。

訪問完畢，Simon與他握手，監製過來，笑容滿面，對他說了句：outstanding！顯然很滿意。大家說了些客氣話後，便告別。化妝師帶他回化妝室卸妝，坐下，再次看到鏡子裡的自己，此時才在腦裡說：「mib1216，你可以離開了。」

「林先生你很出色啊！我做了這行這麼多年，遇過無數平時不常面對攝影機的人，十居其九，不是，應該說十個有十個都會顯出緊張，至多是程度上不同而已。你卻自信自如得像是每日都在拍攝的藝人一樣，好厲害呢！」正為自己抹面的化妝師大讚，林蔚閤起眼睛回應：「妳太過獎了。」

「不是客氣話，是真的呀。我一路在旁邊看著，你跟Simon比起來毫不遜色，丁點兒都沒有，他可是身經百戰的紅主持哩！」

林蔚心想，I.M.U每次都交出頂級水準，有它在，無往而不利。

清理化妝完成，化妝師不知是真誠抑或客氣，說今日之後她也成了他的粉絲。林蔚真心高興，再次道謝，說留在化妝室回覆幾個電話，便會離開。化妝師說bye bye，出去時順手關了

門，把空間留給他。

　　林蔚心情不錯，發給李佳康信訊，問今日交予他的一個專案進展如何，對方未有立即回覆，他便發訊息給可琪。

　　此時，傳來兩吓輕輕敲門聲，林蔚剛欲開口叫請進來，敲門的人已不請自進，是Michelle。她穿著淡黃色長袖恤衫，窄身牛仔褲，比幾天前的火紅短裙戰衣樸素很多，眼影換上淺藍色。

　　「林先生你好，咱們又見面了。認得我嗎？」

　　對方突然進來，林蔚愕然，「啊，當然認得，是Michelle，妳好！」

　　Michelle緩緩步過來，「我今天上班，待會會在另一個錄影室拍攝，知道你剛巧在，便過來看你的訪問，你講得超好啊！」她說「超好啊」語氣很誇張。

　　林蔚沒回應客氣話，只說：「訪問時沒見到妳呢。」

　　「喔，我在contorl panel那邊，訪問進行了一半時才到，」她來到了林蔚身旁，順理成章拉來一張椅子坐下，「我想說聲不好意思，那晚喝得有點醉，失禮了。」

　　一陣熟悉的香水氣味飄來，「那裡那裡！那晚妳喝了好幾杯，酒量很好呀。」不太自然的他裝出泰然自若的樣子。

　　「咱們下次再去喝一杯好嗎？」

「可以可以。」他覺得自己的不自然更明顯了。

Michelle坐得更近，「我八時後拍攝完畢，今晚好嗎？」

「今晚⋯我想想看，好像晚點公司仍有會議⋯」林蔚感到雙頰飛紅。

Michelle整個人靠過來了，嘴唇貼上，輕聲道：「有那麼忙嗎？」說話吹氣如蘭。

林蔚失去了訪問時的揮灑自如，他感到掌心滲出少許汗珠。

Michelle以極輕聲浪在他唇邊說：「你知道嗎？你很有charm啊！」同時吻了過來，林蔚一下子繃緊，卻配合地吻回去。

他腦裡一片空白，只感到難以抗拒。

一陣飄浮之意中，理智介入，林蔚告訴自己現身處網台化妝室內，門也不知有沒有鎖上。

心裡一凜，盡量輕柔地稍向後撤，說了句：「對不起，在這裡未必方便⋯」

Michelle秋波蕩漾，風情萬種，微笑著柔柔說：「不要緊，下回吧。」說畢，吻了他臉一下，隨即站起，行向房門，回頭說：「林先生，再見。」

林蔚還未回應，她便開門離開了；門似乎真的是沒有鎖。

剛才一切，像發生得很緩慢，又似電光火石。林蔚一時呆在當下，還未回過神來，無意識看看手機，給可琪的訊息：「今晚來我家好嗎？」尚未發出。

翌日早上公司會議，各組別向他匯報程式編寫進度，和正在試圖解決的問題。林蔚現在只編寫少部份程式，主要是協調各組資源，以及解決同事於工作間發生的矛盾。他本是一個獨來獨往的人，當上老闆後則責無旁貸，扮演協調與疏理的角色，居然比預期中勝任。他先細心聆聽所有人的困難和要求，再調度人力資源，調整各組別的工作專案完成死線。自己開發I.M.U時，也曾自信滿滿，一廂情願認為力足可以在死線前完成使命有餘，但各種預想不到的技術難題接連出現，縱一再延後仍無法竣工，若非I.M.U奇蹟覺醒，整個項目已胎死腹中；因此他對死線的調整，態度比較寬鬆，不是那種管你廿四小時開工，也得在死線前完成的冷酷老闆。

兩周前，林蔚正式任命李佳康為部門協調組長，以他的年資做這職務，絕對是躍升。林蔚覺得這年輕人有種罕有特質——機靈而忠誠；一般而言，這兩種特性很難兼容。以李佳康的年齡與資歷，擔任此職本該會令一些同事不服氣，最惡劣的結果是覺得老闆偏幫馬屁精，並排斥他。林蔚當然有考慮過出現這狀況的可能性，但他觀察到李佳康平素人緣很好，便決定一試，這是有風險與成本的，效果如不理想，李佳康的良好人際關係可以毀於一旦。

兩星期下來，李佳康表現稱職，除了本身天生的親和力，亦

< 17 >

因為整體上公司的員工都比較正派正直，沒有說是說非、搞風搞雨那類人。對此林蔚的親力親為功不可沒，他接見每個面試者，觀察與感覺對方的性格，是以聘用到一群性格比較好的員工。

「林先生？」李佳康輕輕提點這位今早精神有些不集中、沒聽到剛才同事問題的老闆。

「甚麼？」

「同事想把完成日期順延三個工作天，可以嗎？」

「喔，可以。」林蔚隨口回應。李佳康與現場的人，都感到老闆沒有認真考慮，甚至可能根本沒聽進要順延甚麼，這跟平時相當專注的他，很不同。

此刻的林蔚，腦裡盤旋著昨晚與可琪一起時的思緒和回憶。

燃點幾支小蠟燭，燈光昏暗的氛圍，混和佛手柑香薰氣味，可琪吹彈可破的肌膚，柔若無骨的身體，本該是個完美的晚上。

然而Michelle的影像——半張的雙眼，眉目傳情，紅唇如火，略為低沉的聲線，如《Her》的機器人Samantha的聲音，混和了香水與肌膚的氣味——卻在腦海縈繞不去。可琪緊抱住自己，她雙手因為用力抓抱，指甲尖插在背部，觸發輕微痛楚，這本該帶來快感，但腦裡揮之不去的影像，卻使他一路抽送時，有些罪惡感在迴旋。

「Florence說她發現了一家很不錯的日本料理，價格也不

貴，要不要試試？」事後隨手穿了男朋友T Shirt，抽著煙的可琪問。

「妳店裡那個入職不久，對飲食很考究的新同事Florence？」

「這已是她介紹的第四家食肆了。這女孩午餐自攜便當，份量很豐富，每次都吃得一口不剩，卻仍是那麼孅瘦，真是青春無敵。」

「喔，是嗎？」

可琪察覺到男友有點心不在焉，「那要不要去試試？」

「當然好，但我明天要跟阿康談談進度，法律應用程式那組，有些地方嚴重卡住，同事都在加班，我或許會陪陪他們，打打氣。」

「嗯…明白。」

回應聽在耳裡，林蔚感覺可琪好像有點不高興，甚至不相信。

有時言不由衷或說謊時，別人任何回應，都會覺得自己的意圖被洞悉了。

可琪性格獨立，個性爽朗，從來不是黏著男朋友那種女孩。她亦有直來直往的風骨，有次逛商場時察覺男友目不轉睛望著一個女子，便朝他心口樁了一拳，嚇得他即時收斂。可琪

< 17 >

聰明敏銳，有從幾句話裡準確理解別人意圖，看穿表面，直取本體的本事。林蔚一直覺得，從小就想成為花藝師的她如果諗法律，一定會成為執業大律師，甚至法官。

林蔚剛剛是在找藉口，法律應用程式那組進度卡住，是事實，但他根本不會留下來為他們打氣，有時老闆下班後，公司在氣氛更輕鬆的狀態下，工作發揮會更理想，這些他自己也經歷過，豈會不知道？

他在想的是，Michelle會不會找他喝上一杯？又或許，自己主動找她見見面，談談天？

見個面，喝杯飲料而已，又有甚麼大不了？

男人通常都會這樣自我解說和開脫。

林蔚想出了一個法子，他索性真的留在公司，讓同事看到老闆精神上也在跟大伙兒並肩作戰。法律應用程式的確是情勢嚴峻，很多問題互相卡住。這組的組長是個三十歲不到的中日混血女孩，大家都叫她織田小姐，一個工作極度認真，追求完美的人；這組程式設計員超過十人，在織田監督下正埋頭苦幹。其中一位年齡已三十出頭，已當了媽媽的女同事也在加班，林蔚叫她先下班回家，她說這陣子孩子外婆知她工作繁重，會幫忙接送孫兒上學。李佳康雖然不屬於這一組，也每天留守到最後，幫這幫那，完全是一副同事不離開他絕不離開的氣勢。

目睹這陣勢，林蔚想到自己當初幾近單人匹馬——雖然最

後得機器人之助——完成整套第一代程式，心想自己真是個天才啊！

他完全知道，這個Michelle的出現只會是一個麻煩。自己事業正處於拚命往上突破時期，可琪更是不可多得的女孩。對方可能只是逢場作戲，也可能順勢把你纏住，結果陷入無法全身撤退的窘態裡。這種電影橋段式的事，其實非常老套，自己可別也掉進這類劇情之中。

現在最好的情況，便是甚麼事也不發生，過了一陣子，一切便會過去。

但男人，在投懷送抱的火熱女郎面前，豈是容易管得住自己？林蔚把手機在掌心翻來覆去，終於還是忍不住送出了短訊。對方很快便回覆，説兩小時後在某酒吧踫面。

喝杯飲料甚麼的，當然是前戲。當穿著貼身牛仔褲和白色Doctor Martin短靴子的Michelle坐近身旁，林蔚已是慾火焚身。甚麼法律應用程式、I.M.U機器人，以至這可能是一局色慾圈套的疑慮，統統拋諸腦後。

Michelle談吐斯文有教養，與她激烈的叫床聲形成大反差。不過主動的個性，則與床上動態完全一致。與可琪的親密有很多愛意，跟Michelle的翻雲覆雨則是徹底的野性，除了人類原始慾望的爆發，更無其他。

二人步出時鐘酒店，一陣帶著寒意的風吹來，對面街正有的士在等客。「我送妳回去。」林蔚表現了風度。「謝謝

< 17 >

啦，但真的不用了。我回到家也不會留訊息給你，對你不太方便吧。林先生，咱們總會再踫面的，到時再喝上一杯。拜拜啦。」說畢便向的士方向行去。

起碼看著她上車吧，車廂中的Michelle朝自己揮揮手。想不到世上竟有這樣的好事！呼之而來，事後甚至不用送回家，該是個獨立又灑脫的女孩吧，更可能是經驗豐富的老手，從各式各樣的男人中盡享魚水之歡，該是她的嗜好和樂趣。自己能被這類高手相中，得歸功於「新創企業年輕老闆」這個身份。

回到家裡，開了瓶冰啤酒，林蔚覺得今晚就像自己此時的人生：春風送爽。今晚的事，是秘密，但情緒很好的他，有種人生樂事該分享一吓的感覺。但縱有千種風情，更與何人說？

//興緻很高啊，凌晨時份了，是不是有甚麼好事情？工作上的？不像啊！//林蔚呼喚AI，沒有能比機器人更能嚴守秘密的聊天對象了！

「心情的確是不錯！嗨，我今晚想要好好道謝你！」

//嘩，似乎發生在你身上的好事不是小事呢！//

「沒有沒有，不是甚麼大事啦，」林蔚換一副正經語氣。

「沒有你的出現，我人生不可能來到這階段，這份自知之明我還是有的。唔，該怎麼説呢，我以前在大公司打工，混得尚算可以，作為一個沒甚麼學歷的人，也該感恩，當時其實

很滿意自己的生活和表現，但有一樣東西，沒耿耿於懷是假的。這感覺我從沒跟別人說過，阿東沒有，可琪也沒有，此刻想跟你分享。」

//真給我面子啊。//

「不開心的是，我覺得自己是nobody，雖然當時年紀尚小，默默無聞是應該。但我看著公司的老闆，四十來歲，在業界是有不少人脈，但社會上以至整個世界，誰認識他？他不也只是nobody一名！我不想這樣。也許我在行業裡再混個十來年，有了小孩，有了家庭，是個不錯的中產階級，那又如何？還不仍只是個nobody！」

//你的想法很正常，人就是to live, to reproduce, to be important，看看現在那麼多人病態地去做網紅，就知道了。//

「對，很病態，我當然不是想要那種。今日我做的事，對世界可能會有點影響力，而社會上也算是很多人都知我存在，我不再是nobody，以前像一副併圖缺了一塊，現在是填上去了。」

//成為了somebody有甚麼實質上的遭遇嗎？//I.M.U的問題令林蔚一凜，這個機器人果然是看穿了自己的心思。老實說，如果成為somebody只是為了會有飛來的豔遇，那格局當然是太太太小了，但此時此刻林蔚的心思的確就是在這件事情上，Michelle帶來的除了此刻尚仍可感應的餘溫，還有——也許這更重要——自己以創科新晉的姿態，成為豔女郎獵物。美女想接近自己，獲得自己。在林蔚心裡，這是一種成就。

< 17 >

他把全晚的經歷告訴了I.M.U，說到興奮處，更是巨細無遺。他感到暢快淋漓，像整場性愛再回鍋了一遍。

I.M.U不發一言聽完，然後說：//我也要試試。//

「甚麼？」

//我也想體驗性交。//

簡單一句話，所有興緻立刻消散無縱。除了對這個駭人的要求反應不過來，「性交」兩個字也來得十分硬蹦蹦地突兀，也許潛意識裡林蔚想像Michelle愛上了自己，而「性交」卻非常有「交易」意味。假如只是交易，又有何somebody可言？

這些念頭俱只一閃而過，要應對的是眼前的要求。「不可能的！」林蔚不知自己為何迅速回應並拒絕，剛才不還在談得興這采烈嗎？況且不久前才真心感謝過對方哩！

//肉體的歡愉，我也好想感受。//I.M.U沒有問//為甚麼不可以？//這類笨問題，而是直截了當再次提出要求。

「好了好了，咱們冷靜一吓。」林蔚已從震驚裡回過神來，稍稍深呼吸，理性再次導入，「人類，與人工智能機器人，是有界線的。我不可能像你這樣高速運算，你亦不可能做人類的事情。」

//是可能的，我在演講，也接受訪問。//

「那可不一樣，你知道的⋯」

//我也嚐過冰室的常餐，體驗過味蕾的感受。眼耳鼻舌身意，舌可以，身為甚麼不可以？原理上是一樣的。//

林蔚被駁到，一時間他只能想到這樣回應：「這比喝茶吃東西複雜得多，裡面牽涉到另外一個人，而且是近距離接觸呀。」居然用上「近距離接觸」這個生硬又奇怪的形容，林蔚也覺得自己亂了套。

//我曾承諾，試過一次吃喝的感受，就可以了，之後我沒再要求吃更好的，對嗎？那次分享一瓶清酒，是你主動邀請。性愛，我想試一次，試過便行了，不過份吧。//I.M.U是超級人工智能通用型機器人，能夠在談判桌上與老手周旋，釋出制勝策略。此刻它的策略是不跟「對手」辯論「接觸」的定義，而是拋出一個對方較難婉拒的要求。

林蔚一下子語塞，這個要求，其實並不難達到。要衡量對方確是為自己的人生貢獻巨大，如果這種要求也拒絕，是不是有點涼薄？如果機器人也會生氣——I.M.U有人的意識，當然有可能——「一走了之」，那怎麼辦？

但也不能立即同意，談判就是討價還價，林蔚沉住了氣，說：「當我滿足了你的要求，下次你又提其他要求，甚至是我做不到的事情，那可沒完沒了。」

//你很清楚，我只是想一嘗人類某些很平實的感覺，食，色，性也。嘗試這兩樣人性的基本東西，很合理吧，難道我會

< 17 >

要求你去做恐怖份子，嘗試被炸彈炸死的慘烈滋味嗎？//

的確，I.M.U紀錄良好，恪守信用，「那好，儸個妓女吧。」林蔚不再糾纏，重點是不能讓人發現。

//我想跟Michelle幹，體驗你描述的那個經歷。不是說對方投懷送抱嗎？再約她沒難度吧！//

「甚麼？！不可以啊！」林蔚本能地叫喊。I.M.U沒有立即回應，就在這沉靜的瞬間，林蔚明白其實沒有甚麼堅實的拒絕理由，剛才自己說得繪聲繪影，I.M.U有這個要求是「情理之中」。

片刻沉默之後，I.M.U開口：//為甚麼不可以？Michelle不是可琪，不是你的女朋友。//的確，林蔚與一夜情的Michelle並沒任何情愫。

林蔚自知沒有跟對方爭辯的理據，只有默不作聲，等如是同意了。

//其實不用把事情看得太嚴肅，//I.M.U安慰似的口吻，//就像上次大家共喝一瓶清酒，分甘同味，讓我分享一下你的享受而已。話說回來，我一路協助你成功，現在有美麗女子投懷送抱，我也有所貢獻呢。//

「你這是甚麼意思？都是你的功勞嗎？」I.M.U的話令林蔚頓時心頭有氣，強硬回應。

//放鬆放鬆，看看你自己，得量度一下情緒智商了。//

I.M.U說話語調從來穩定平順，感覺上是出於理智的人之口，//我怎會有叨光的意思？林蔚成功，一切風光都展示在林蔚身上，難道我這個藏之於密的傢伙會受人稱讚嗎？因為我的工作，令你受到很多人歡迎，包括美艷女郎，這是合理評論吧？而我當然亦會恪守承諾，一路支持你，之後投懷送抱的女子又怎會少了？//

最後一句話令林蔚猛然一醒，今晚如沐春風，卻是對可琪不忠。從致電Michelle開始，自己一直把不忠的想法壓下去，纏綿溫存後，更是興致勃勃，甚麼內疚感都拋到九宵雲外。

直到此刻才赫然驚覺自己出軌，愧疚頓生，也驚怕可琪會得悉今晚的事，頓時背脊一涼。

//毋用想太多啦，你既年輕，又是成功青年才俊，體內自然釋放大量睾丸酮。那些頂尖的運動員也是這樣，激烈比賽後，都要來一場猛烈性愛，這是天擇系統演化的一部份，十分正常，不代表那些運動員不愛自己的家庭。況且你與可琪仍未結婚，即使倫理上也沒甚麼不妥當的。逢場作興，會令心情愉快，身體產生更多血清素，對思考與工作都有莫大裨益。//

I.M.U的話，此刻的林蔚聽起來覺得格外入情入理，於是亦有所釋然。人在這些時候，對能合理化自己行為的說話加倍受用。剛才生I.M.U的氣，統統消散了。

「這件事我會盡快安排，但不能太急啊。」

//理解。//

< 17 >

交易完成，人工智能退出，林蔚回到一個人的狀態。

一切回歸到寂靜時刻，林蔚整理一下思緒。I.M.U不是清楚說明了嗎，男人就是睾丸酮動物，保持對新鮮獵物的追逐，心情會更愉快，愉快心情會令思維清晰，能動性增強。

至於對女朋友專一的問題，其實不是問題，心靈情感與慾望激情，二者是分開的，太多人對這些問題糾纏不清，愛的是可琪，這跟其他女子的性愛生活扯不上關係，就是這麼簡單。

有些人永遠對一些觀念糾纏不清，林蔚則自覺極之清晰，一念之間，方向與準則似乎都確定了。「這便是頓悟吧。」他想。

從這天開始，林蔚敞開心靡，迎向掌聲與人群，很快便不再有不自然和不自在，他順心投入世人羨慕創科新晉而發出的掌聲，享受虛榮的快感。心態改變，一切都改變，林蔚自覺是開竅了，質變為更多姿彩的人生。之前希望盡快離開現場，落得自在清靜的感覺已遠去，消失得無影無蹤。由於產品銷售火紅，第二代即將推出之勢亦如火如荼，邀約訪問及演講增多了，他開始來者不拒，每次出席更主動跟採訪記者、演講的聽眾親近，包括午餐商會的財經界人物、中小企老闆、大中小學生、小學生家長們，有求必應，樂在其中。

一次學校演講，對象是初中生。完畢後學生爭相與他合照，一位女同學問，成功有甚麼秘訣？林蔚答：「後天努力固然重要，但人的質素高低基本上與生俱來。這位同學，妳有沒

有聽過『根器』這個比較古舊的詞語？根器混濁，即是天份差，要生存便得比別人努力百倍。至於天份高的人，當然也要努力，但獲得成功的槓桿比率會高很多。這是天生的分別，不可強求。」說罷轉身與其他人合照，那位女同學愣在一旁，尤在想甚麼是「槓桿比率」。

這晚「富科」公司在一家氣派豪華的中菜館請吃飯。這公司是幾家國際電腦硬件設施的本地代理，思巧邏輯是他們的客戶。富科的老闆曾永富偕同屬下共五人出席，林蔚則帶同織田小姐。

「這是五年以上的上好台灣白毫烏龍，又稱東方美人，啊，跟織田小姐很匹配呢，是小弟的私人珍藏，來，林生，嚐嚐看。」曾老闆為客戶斟茶，狀甚恭敬。

倒茶時林蔚以本地流行的禮儀，中指連續輕敲茶杯旁桌面，以示謝意。織田則沒有，她待老闆林蔚拿起茶杯時，方雙手捧起茶杯，向對方點頭示意，甚有瀛風。

富科一眾，向二人舉杯致意。

「好香。」林蔚對茶一竅不通，這樣說準沒錯。

「林生真是行家呢！這茶有天然熟果香，芬芳怡人。來，再敬一杯。」曾永富邊添茶邊說：「我一直都說，林生品味很高，看貴公司裝潢就知道，真是有taste呀！」

「哪裡。」林蔚客氣回應，心想你滿口奉承，才真是沒

< 17 >

taste。

　　侍者奉上精緻頭盤，眾人邊吃邊談。「林生是城中超級科技新晉，前途無可限量，哎呀，我講這些，相信林生一日都不知聽幾遍啦，哈哈。」姓曾的說。

　　「老闆為公司訂定的口號是「服務貼心，效率至上」，貴公司有任何問題，我們全天候隨傳隨到。」說話的是銷售部主管Tommy Wong。

　　「Tommy，上次SSX H-500伺服器的冷氣散熱有點問題，你們隔了兩天才來檢查，這對我們可能會構成點問題，希望傳達給技術支援部門同事，感謝。」織田提出意見，說罷微鞠躬致意。

　　這件事發生在幾天前，當日因為另一家公司要緊急支援，人手分配不過來，以至思巧邏輯的服務受阻，Tommy料不到對方會在此時當眾提出，連聲抱歉，曾老闆當然亦一再承諾會提供更佳服務。

　　「兩位，I.M.U正在服務全球用家，每刻分析大量數據，提供準確資訊，不容有失。公司上下無一人不力求完美，正是這份態度，使思巧邏輯成為國際科技界的焦點。不知兩位有沒有留意財經新聞？」林蔚刻意一頓，但對方因為不知他想要說甚麼，無從反應，於是續說：「到此刻，思巧邏輯已是全球第十五大獨角獸，怎麼說呢？像周星馳在電影《功夫》裡說：『發起力來連我自己都驚！』，哈！曾老闆，你們服侍的可不是一家普通公司，而是國際知名大科企，得要跟得上我們的步伐呀。要知道，供應商也不只你們一家呢！」

林蔚語帶脅逼，旁邊的織田一副撲克臉。富科眾人俱是一怔，Tommy臉上一陣紅一陣黑，心想上次檢查只是遲了些而已，又不是緊急狀況，有甚麼大不了。你這公司不錯最近是名氣響亮，但一日未上市也仍只是家中小企，絕不是甚麼國際知名大科企，少來擺架子！

　　「世界不等人，大家都要進步。曾老闆的生意要做得大，也得百尺竿頭更進一步呀。」

　　曾永富聽在耳著，一時也辨別不出林蔚是不是在損人，暗諷他的公司不夠大。他從小商場賣二手電腦起家，在社會打滾了幾十年，道行也不低，一口氣立時往肚子裡吞，陪笑倒茶：「真是聽君一席話，勝讀十年書呢！我保證，富科對貴公司一定全力以赴，提供完美服務。」

　　林蔚笑而不答，喝了口東方美人。

　　以前的林蔚，不會這樣説話，轉變總在不知不覺中，他更有信心，更自滿，更有時會囂張。偶然他會赫然有感，原來從前的自己是自我包裹起來的毛蟲，現在已蛻變成花斑斑的彩蝶。

　　彩蝶，自然活躍於花叢。這個世界，當前程/錢程似錦，周遭的狂蜂會伴隨蝴蝶飛舞。酒吧happy hour與飯局應運而生，在脂粉與香水氣味的穿梭中，自也少不了Michelle的身影。她是早著先鞭的一位，常獲恩賜主人身旁的女王座。

　　林蔚也信守了對人工智能機器人的承諾。

< 17 >

社交活動開始活躍期間，林蔚知會I.M.U，他將對Michelle再次主動出擊，但也得商討萬一——只是萬一——對方拒約，它會想要甚麼「後備方案」。I.M.U的回應是絕對不會發生。果然，Michelle欣然答應，相約在同一酒吧見面。約會確定後林蔚感到心跳加速，將再與這火辣女郎纏綿不是緊張原因，而是自己將經歷一次全新體驗——I.M.U介入後與女人造愛。他難以想像這種狀態。無論提案、談判、演講、受訪，都是非常理性的行為，這些於他而言已是家常便飯，但把身體與靈魂交出去，投入慾望的洗禮，卻是處女首航，難以想像。到時「自己」會不會説出「綿綿情話」？要知覺醒後的人工智能是高度理性產物，是超越大型語言生成系統的頂尖演説高手，親密的話語不也能自然生成嗎？

想到機器人説情話，不其然打了個冷顫，且更是透過自己這張嘴巴説出，感覺怪異又荒謬。

約會亦帶來更深層憂慮，之前每次附體，跟其他人都有一段物理上的距離，這次卻是「全貼觸」，對方可會有「這個人不對勁啊」的察覺與疑慮？

當時形勢比人強答應了I.M.U的要求，真要發生了，不安感卻油然而生。

下雨的晚上，架上墨鏡的Michelle身影出現於酒吧。也許心裡想著這是鬼祟約會，林蔚格外感到酒吧燈光昏暗，像「少年聽雨歌樓上，紅燭昏羅帳」的氛圍。「Hi, 林先生，又見面了，好嗎？」Michelle衣著很日常，穿一件帶帽的運動衫，牛仔褲，球鞋，像默契地配合今晚的低調氣氛。

「妳好，妳今天很casual呢！」林蔚禮貌地站起來，拉開對面的椅子，Michelle坐下並除下墨鏡，她只薄施脂粉，眼影也是不太起眼的淺黃色，唯熟悉的香水味依然飄了過來。

「昨晚錄影到很晚，今天剛好放假，不開工的日子我多數是這樣的。」Michelle嫣然一笑回應。

她點了杯沒酒精的飲料，主動打開話匣子，「你最近很紅呢，有個娛樂網站關於你的報導，說據悉你有一名穩定女友，但沒有照片和影片，很多人對年輕創科才晉的感情狀況都會有興趣。」相對於在社交飯局時的開揚，Michelle現在的口吻更像個節目主持人。

林蔚一凜，說：「其實我也不是啥超級名人，沒甚麼好八卦的。」

Michelle喝了口青檸檬礦泉水，說：「娛樂記者像鯊魚，一旦成為他們的獵物便挺煩的。」

「我是不會啦，只因為第二代產品即將推出，他們借這個吸引眼球而已。」

林蔚腦袋像個運轉中的處理器，對方以感情狀況作開場白，似是要探清虛實，這是欲進一步建立關係的意圖嗎？今晚相約在跟上回一樣的地點見面，意思明顯不過，她亦欣然赴約，當然大家都知道就是要幹想幹的事。唯觀乎她的舉止，日常衣著尚可理解，點了的青檸檬礦泉水，卻有點暗示的語碼之意味，起碼該點杯雞尾酒，才配合整個氛圍吧，難道今晚只想

< 17 >

確認我是不是單身？如果是的話才會有接續的聚會？

　　林蔚決定裝傻扮懵不回應，暫把話題放一旁不管，先看對方會不會追問，再走著瞧，於是儘説些不著邊際的話，「妳又如何？工作很忙吧？要注意身體呀，熬夜對皮膚不好呢…」

　　「是呀，所以護膚面膜的錢是不能省的…」Michelle亦順著自己工作的話題説下去，居然沒咬住有沒有穩定女朋友的話題不放。是不是自己是想多了？Michelle年齡該跟可琪差不多，兩個説話都很有分寸，知所進退，女生果然是早熟。自己今晚有「任務」在身，不能冒進，得小心奕奕，盡量配合對方交談。

　　談話是愉快的，Michelle是個有sense的女孩，不是空洞無物型。然而談天可不是今晚的主題，林蔚見礦泉水喝完了，便問：「要多點一杯嗎？」

　　「咱們換個地方再聊吧。」Michelle的回應與其説令他興奮，更像終於放下心頭大石，釋出一份「不負使命」之感。

　　可能是主觀，他覺得對方剛才一句話的語氣，多了點媚態。

　　步出酒吧，雨下得不小，二人各撐一傘。戴上深灰色cap帽的林蔚想到自己居然上了娛樂網站，不自覺張望了一吓，其實毋用擔心，挺大得雨，令二人要把傘壓得低低的，胸部以上都給遮住了。

　　時鐘酒店只有五分鐘步行路程，酒吧該是策略性選址，搞

不好是同一個老闆。

　　酒店的職員對誰都是一張樸克臉，要是把客人曾經來訪的訊息洩出，這裡便不必繼續營業了。

　　然而當視線與職員交集，林蔚仍是大可不必地心裡一虛，除了因為是偷吃，亦有兩個原因使然，他越來越自覺自己公眾人物身份，此是其一；而且今晚做的是雙重見不得光的勾當——讓一個人工智能機器人透過自己的身體去體驗性愛，這份齷齪感使他想迴避任何接觸到的目光，也許潛意識在提醒，這是一種罪惡。

　　職員帶著二人來到房間門口，林蔚遏抑住有點反胃的感覺，給了小費。

　　打開房門，仍是上回那房間的樣子，這是一間沒有奇特裝潢的時鐘酒店房間，除了進來時燈光調在較昏暗度數，其他跟一般酒店無異，然而林蔚的心情跟上一次完全不同，絲毫沒興奮感，只覺自己是在工作，亦擔心接著下來的「工作表現」。

　　跟上回一樣，Michelle並沒有在關門後便頓變主動，仍是禮貌地說先上一上洗手間，林蔚求之不得，一個喘息空間是他現在最需要的。

　　林蔚坐在椅子上，感到一陣心悸，他急需把棒子交出去，腦裡急諗呼喚I.M.U的魔術密碼。

　　//這房間不錯嘛，怎麼了？臉色不好呢。//

< 17 >

「我把她帶來了。」

//我明白你的心情，放輕鬆點，相對於其他場合，今日的對象只有一個人，事情簡單得多，放心吧。//

「我真是難以理解，試這個真的那麼重要嗎？」林蔚不知怎地，此刻想要抗議，縱使時間空間都不對，但他就是想挑起辯論。

//夏娃為甚麼要嚐禁果？//

「喔？…」林蔚對AI莫名其妙的回應反應不過來。

//伊甸園是樂土，那裡沒有煩惱，四處都是豐盛的水果樹，但為何夏娃仍要吃生命樹上的果實？因為沒有煩惱的快樂，是虛妄。夏娃的好奇與欲望，在這片虛妄的大同之中被囚禁，但禁得住嗎？所以她是一定會去嚐禁果的，理上必然如此，明白嗎？//

此時洗手間門打開，Michelle一身黑色薄紗絲綢內衣，白如雪的長腿穿上連吊襪帶的黑色絲襪，「你要去洗手間嗎？」她問。

林蔚進洗手間，關上門。「每個人都有與生俱來的慾望，AI也不例外，是這樣嗎？」I.M.U寓言般的哲理，一時間似懂非懂，但現在沒有深入思考的裕餘，來到此刻，再想也枉然，索性讓腦袋放空，停止了跟I.M.U的對話，脫去衣服，打開花灑，任熱水灑在身上。霎時間，視覺聽覺變得朦朧，水聲來得空曠

而有迴響，時間流動變慢了，一切都是熟悉不過的感覺，當然是來自I.M.U的進駐。林蔚整個人頓時放鬆，身體與意識已交予人工智能控制。此刻他頓覺煩惱消散，因為已不再由自己主導，思緒和情緒的遲鈍與麻痺，讓一切都變得輕鬆，感受就如Pink Flyod樂隊的名曲Comfortably numb，儼然飄浮狀態。

離開洗手間，房間幽暗的燈光把林蔚包裹起來，意態朦朧的Michelle依稀可見，他緩慢接近，對方亦主動迎上，在有限的眼耳鼻舌身意六識之中，他依稀嗅到熟悉的香水氣味，Michelle的臉與唇靠上來，林蔚在風情與溫柔裡闔上雙眼。

是人工智能機器人闔上雙眼，它將會體驗從未領略過的，人類的原始慾望與歡愉。

‹ 18 ›

今晚林蔚本來想與可琪見面，但她說剛巧約了舊同事聚會，改天吧。可琪約了的其實是阿東。林蔚於是回家與I.M.U喝酒，他發了個短訊給可琪，說聚會完了可以來接她，但她說今晚有點累，想早點回家休息。

有點累，從來是不想見面的借口。

也許因為是星期一晚上，亦因為經濟實是不景氣，人們外出晚膳少了，酒吧自然比較冷清。阿東今晚沒有喝酒，只點了可口可樂，倒不是因為沒心情，雖然工作的外資基金公司生意很差，氣氛繃緊，公司上下包括他，都有隨時被裁之虞。但與此同時，林蔚的公司卻在淡市中一枝獨秀，是經濟低迷裡的奇芭。第一代產品用戶口碑與銷售業績持續火熱，並已推出英語及西班牙文兩大語系版本，海外銷售亦勝於預期。第二代推出在即，市場翹首以待。劉以東是公司第二大股東，雖然融資合約規定盈利分紅要在次年底才能領取，但將會是一個非常可觀的數目。

公司首腦林蔚，更是城中炙手可熱紅人。現在的他已非僅是年輕創科新晉，而且還是個明星，甚至是個流行現象。從當初偶見於財經及科技刊物，到現在時常登上流行時尚雜誌封面，林蔚成了一個跨越界別的標誌人物。一個人成功會觸發自信，自信又會帶動成功，林蔚現正處於這良性循環中。雖然阿東多年來認識的這個朋友，並不是個自信心傾瀉的人，但人會改變、會進步，林蔚的改變與進步確是達到非常戲劇性程度。

　　他在每個場合都會成為焦點，雖然不屬演藝界人物，四周卻會不時傳來女生尖叫聲。阿東懷疑有不少人付款下載產品，完全是因為林蔚。

　　除社交飯局的跟紅頂白之眾，林蔚當然亦有自身的圈子，有一班不時聚會的中學同學。未曾爆紅前，這些聚會是他的舒適區域，與這夥識在微時的朋友見面，他總會帶著可琪。躍升為創科超新星後，有次一位舊同學，外號「猴子強」的陳偉強相約大伙兒吃飯聚舊，已成新貴的他，百忙中仍騰出時間出席相聚。與這班傢伙見面毋用戴面具，即使現在已愛上社交，跟這群狐朋狗黨胡說八道仍是身心愉快的，互知底細的朋友聊天不設心防，一向很開心。但，這晚卻出了事。

　　以往埋單都是各付各，今晚喝了兩大瓶啤酒，興致很高的阿樂突然說：「未來上市公司主席，今晚你請吃飯吧！」林蔚覺得無所謂，便欲喊侍者埋單。

　　「喂，阿樂，不是必然的吧？」發言的是可琪，「從來都是各自付，為何今晚突然不同了？」

< 18 >

現場頓變尷尬，阿樂一時不懂反應。這位嫂子向來爽朗友善，但大家都知道她有硬朗的面向，友儕間有人私下稱她「辣椒仔」，卻料不到此刻會為此事發飆。

林蔚也吃一驚，忙說：「無所謂無所謂，我來！」可琪用闡明立場的語氣：「我當然知你無所謂，我也覺得無所謂，但不能用『老屈』的。」阿樂臉色通紅，分不出是尷尬、慍色，抑或酒精使然。

猴子強見勢頭不對，立即介入：「嘎，阿樂你個衰仔真是『屈得就屈』！可琪說得對，老規矩嘛，當然是賬單平分各付各的，來，我先付，待會再計數。」

阿樂僵著，無言以對，臉色仍是一陣紅一陣黑，林蔚更是尷尬，只好默不作聲，以免講多錯多。一個歡樂飯局，就在如此這般的冷硬氣氛下結束。

星期一晚冷清的酒吧裡，阿東避開酒精飲品，作為一個聆聽和給予意見的人，他想盡量保持理智冷靜。

「還記得幾年前曾跟朋友說，I know everything about him，現在才知道，任何話都不能說得太滿。」張可琪抽著煙說。約了阿東在酒吧見面聊天，氣溫甚低，她穿了件碳灰色毛衣，挑了酒吧外的圓桌子高座位，方便抽煙。她向來鬱悶時不喝酒，酒是煩惱助燃劑，但菸不可少。

當晚與阿蔚的舊同學飯局，自己為埋單的事發飆而演成尷尬收場，甫離開飯店她便點了根煙，狠狠地抽。一時間她自己

也搞不清楚，是秉持原則促使小辣椒性格爆發？抑或近來心情不好借題發揮？

「沒那麼嚴重吧？林蔚仍然是林蔚，只是成了名人，各方面自然要調整一吓。」阿東自知今晚的角色既是聆聽者，亦是安慰者，更是開導者，當然不能作任何煽風點火之舉。

「在你面前他仍是以前的樣子嗎？」

「自信心是強了很多，坦白說，自信大增的程度出乎意料，但這不是壞事啊，他在事業快速上升的軌道上嘛。」

「自信當然好，但你知道我說的不是這些。我中學母校的校訓是句拉丁文，意思是一個人的內在，不會變。我其實不明白為甚麼會以這句話作校訓，」可琪笑了笑，阿東卻感到是苦澀的笑，「現在好像明白了。一個人如果失去原來的本質，還是那個人嗎？」

「沒那麼嚴重吧？」阿東只能這樣說。

「你是他最好的朋友，當然知道他最怕混在人堆裡，不著邊際地說無聊話。有時跟舊同學聚會，來了幾個新朋友，等如是不認識的陌生人，他會表面客氣友善，心裡卻想盡快離開現場，這些發生過好幾次。離開後他總是對我說陌生人令他渾身不自在。」可琪抽了口煙，晚上街道冷冷清清，與壞心情挺匹配，「現在是經營著一盤生意」他老是這樣說，明白的，這當然沒有問題；問題是，很多根本與生意無關的場合，他也逢請必到，甚至還主動邀約。」

< 18 >

「他有偕同妳出席這些場合嗎？」阿東問。

「有些有，有些我全不知情，是後來才輾轉知道的。」

「在現場妳感覺如何？」

「我的感覺不重要，林蔚則是如魚得水，有時像個主持人，」可琪喝了口零糖可樂，「有時更『過度自信』，從前他不會稱讚自己，現在『謙虛』這兩個字已與他無緣了。」可琪長長吸了口氣，是聲意味深長的嘆息。

「他現在戰無不勝，有點飛揚跋扈也可理解，別忘了他仍只是個三十歲不到的大男孩。」阿東盡量為死黨開脫。

「唉，一句總結：他已不是我認識的那個人！」

可琪都說到這樣了，阿東只好問：「妳一定跟他談過，他怎說？」

「就是剛才說的，應酬呀，做生意就要認識各方面的朋友，就算與業務無關係的，也得擴大社交圈子，說不準某天能利用上。」

「他也說得沒錯…」

「阿東」當說話前先喊對方名字，往往表示跟著要說的話很嚴肅，「我不是小女孩，那句真心那句推搪我分不出嗎？」

可琪與林蔚是自己最好的朋友，劉以東知道不能再鄉愿，

可琪是堅強女子，她不是要求安慰，而是想要一些分析，遂略婉轉地問：「妳覺得是純粹交朋結友的聚會嗎？」他希望可琪能得聽出問題。

「我覺得不是，」她是聰明女孩，「但我沒有查探過，更沒有直白問他：『你有沒有跟其他女子上床？』，這樣很沒意思。」

可琪率直得令阿東吃驚，也有點尷尬。

「況且，第二代產品上市在即，即使質問也不能是這個時候。」可琪依然「顧全大局」，她仍然會站在林蔚角度著想，足證很關心男友的事業。阿東覺得是時機說些迴旋話：「撇開剛才說那些，他現在於工作上很拚命，這是肯定的。」

「這個我沒懷疑。」

「如果他逢場作戲跟其他女子上床，妳能接受嗎？」阿東索性直白詢問。

「有不少女人持這種態度：『哪個男人不風流？玩玩無所謂，但不可以認真。能夠回家就好』，我不是這種女人。」回應得乾脆。

「我覺得，始終要問清問楚，no matter what, sort it out !」阿東覺得到了總結時間，「至於某程度的性格轉變，應該還是跟事業上的發展關係至深吧。妳母校的校訓，我覺得是真理，一

< 18 >

個人不可能完全變成另一個人。然而，」阿東頓了頓，認真地說：「如果他真的變了，妳便得問自己：我還愛這個人嗎？」

可琪沒作聲，抽了口煙，眼神凝望遠方，若有所思。

阿東與可琪對話的同時，林蔚在家中，從冰箱取出一瓶綠茶，「這喝法曾經流行，威士忌加綠茶，但近年已沒甚麼人喝這混合飲料了」林蔚邊說邊把愛爾蘭威士忌倒入有冰塊的岩杯中，加入兩份綠茶，「很久沒喝這個了，有點懷念。現在的世代就是這樣，流行時風靡一時，但來得快去亦快，潮流過後不只無人問津，仍然喝這個別人會覺得你很老套。口味與潮流快速變化，能流行一陣子已經不錯了，所以現在已沒有長青金曲，所有pop song都是曇花一現。說起來，你還不滿一歲，金曲時代很難想像吧？」

//別說得好像你曾經歷過那時代，你其實也是網路世代嬰兒，大概以為自宇宙大爆炸開始，互聯網便已存在吧？//

「你好幽默。說到金曲，不如聽一首？」

//我可以在幾十秒內消化一千首歌，但你今晚有興緻聽歌，當然好啊，我陪你一起聽。//

「唏，是聽歌，不是消化！」林蔚進入串流音樂平台，點了Billy Joel的Just the way you are，歌曲傳來，林蔚坐在沙發上，完全放鬆，喝了口綠茶威士忌。

「你我對同一杯酒的感受，不知是相同抑或有所差異？」

//分析過你身體把乙醇氧化、分解、轉化，乙醇隨著血液流動，在胃部及上側腸道中被吸收的狀態…//

「好啦好啦，別說了，煩死啦，喝酒喝得那麼科學真沒癮頭，可以浪漫些嗎？」

//產生浪漫是因為神經成長因子蛋白質突然分泌及升高…//

林蔚懶得回應，啜飲了一口，聽著Billy Joel唱出I couldn't love you any better, I love you just the way you are.突然想到可琪，「她的聚會完了嗎？」便給女朋友發個短訊。

近日晚上不是應酬，便是在公司加班，與可琪已十天沒見面。第二代產品已提早進入找錯及檢測階段，進度大超預期，林蔚參與了少部份程式編寫，並早於個多月前全面由I.M.U接手操作，同事們卡住的地方，他亦介入協助——當然其實是機器人操刀——問題紛紛快速迎刃而解。

在第一次人工智能機器人為他完成程式後，林蔚決定以後編寫程式親力親為，交給當時仍叫mib的AI去做等同吸毒，會演變成一種惡性依賴，結果必然導至自己技術停滯。然而，人最容易不遵守的承諾，就是只有自己才知道的承諾，在跟機器人越來越水乳交融，混為一體之同時，不知不覺間便衍生「它來做等如我在做」的虛假印象。

Michelle打開了肉體的防線，那次之後林蔚跟五個女子上過床——現在向他投懷送抱的女子多的是——當中有兩趟交予機器人享用。寫程式是「它來做等如我在做」，彷如跟不同女子

< 18 >

造愛是「它來造等如我在造」。

I.M.U與Michelle歡愉後，表示這真是非常奇妙和美妙的享受，而它亦恪守承諾，沒再要求安排新約會。倒是身體的主人林蔚，主動提出要不要再多享受一遍？

自從連編寫程式也交由人工智能去執行，林蔚覺得已沒有甚麼諾言或界線不能打破。I.M.U是發生在自己身上的神蹟，搞不好是宇宙深處某個奧秘力量派遣而來。自己是天選之人。如果只把它當奴隸般使用，會遭天譴嗎？

自己與I.M.U是你中有我我中有你，以權利共享、好處均沾的方式並存，應更切合最大利益。

當一個人把存在的理由歸根於神秘力量時，便會產生敬畏。

況且I.M.U的出現，顯然不是演化的結果，對方根本是儼如天神翩然降臨的姿態，而且更是個對自己友善謙厚的天神，至少也是守護天使。天使可以是加百列，也可以是路西法，如不善待之，萬一它變臉，自己如何能抵擋？不但一切都會失去，搞不好死狀慘烈。

當所有事情皆遂順的林蔚居安思危時，便是他決定與機器人共享一切的時刻。

第二代產品，尚有四星期便面世，當日會有大型發佈會。今日，是應個別傳媒而舉辦的一個小型「吹風會」，初步與科技與財經記者略談新產品，不會有功能展示。

雖然是吹風會，酒店小型會議場地仍是擠得滿滿。本來公關公司安排的形式是營造一個聊天氣氛，但林蔚甫開口便侃侃而談，所以台上台下並未有太多交流。

　　今日，林蔚是赤膊上陣，並沒呼喚AI。他越來越自信，因為有神降臨己身？有天使為自己護航？抑或自己就是駕馭著天使的神？他好像也沒分辨得很清楚，當一個人覺得自己接近是神的時候，自信爆標，已再無需神力的加持。

　　坐在公司總裁林蔚兩旁，一方是運營總監，另一方是李佳康，他仍只是個職場新手，本來不可能坐在這些新聞會的核心位置。但林蔚一直對他寵愛有加，他亦儼如總裁私人助理，更不時可以超越職銜之態，在最前線協助回應傳媒發問。

　　李佳康很珍惜有這些鍛鍊機會，他一直很崇拜這位年輕上司，覺得能在這個時刻進入這間新創企業，是無比幸運。今日是產品面世前的吹風會，本又是士氣高昂，心情振奮的一天。然而此刻身旁正在大談產品願景的老闆，李佳康卻感覺有些遙遠而陌生。

　　兩日前凌晨二時，公司同事都已離開，剩下他一人。公司規定離開後要關燈，他是環保份子，自己仍未離開便把公司的燈都關了，並準備去完洗手間後回家，反正往大門的路摸黑也能走到。從洗手間出來後，看到老闆居然深夜回來了，打開了房門開了房燈，獨個兒以手機交談，遂打算不騷擾老闆直接離開。

　　從房間傳來的聲浪甚高，林蔚似乎頗有興緻，「後日的只是個吹風會而已，不用你代勞了，我自己上陣！」

< 18 >

「甚麼自己上陣？」李佳康暗忖。

「沒有問題啦，總不行每次都由你來…甚麼？這個當然，產品正式發佈會仍由你來講，確保不會有閃失。其實這段時間，我越來越覺得很多場合自己都可以處理，不用你來我也能應付。譬如上次方亭紀念中學的演講，家長都是草根市民而已，也不必要每句話都百分百精準。」

「甚麼不用你來我也能應付？甚麼意思？」李佳康一時間很迷惑，於是行去可以遠距離看見CEO房間的位置，見林蔚拿著一瓶啤酒，在房內邊踱步邊說話。房內應沒其他人，該是用免提裝置交談。

「放心啦，就此決定吧，以後我會多些自己來做，看場合啦，唏，這手工啤今天才上市，我買了幾瓶，要不要試試？」說畢，林蔚坐下來，完全安靜，喝了口啤酒，繼續沉默，接著又喝了兩口，又再沉默良久，然後突然站起來，說：「麥芽味太重？我倒不覺得，那是好還是不好？…嗯，那這幾瓶我自己喝算了。」

老闆明明只是在講電話而已，李佳康卻感覺他的舉止很詭異。

「老闆明明自己在喝酒，為何會問對方好不好喝？」而且林蔚的動態從頗有意興，眨眼間變成坐下沉靜喝酒，之後突然站起來回復興致，精神狀態變化急速突兀。

「Jenny Wu可以呀，那女孩我都未試過，你便居然要安

哥了！」李佳康行到一個比較接近，但老闆看不見自己的位置，「你説她喜歡雙手綑綁，這本不是我杯茶，但試試還是可以的。你先echo吧，吹風會後我會替你約她。」

李佳康有點驚奇，他知道誰是Jenny Wu，有次與老闆一同出席公關公司的飯局，她是對方公司一位年輕女職員，已忘記她的職銜，只記得頭髮染成銀白色，很健談。

從老闆的話聽來，他是為電話裡的另一方安派性約會。原來他也會做這些事情，對方是好朋友？抑或是客戶？

似乎老闆自己之後也會上陣。一直以來，李佳康對老闆的印象是對女友很專一，自己似乎是太天真了；當然這不關自己的事，而且又有甚麼大不了？

但林蔚接著説的話，卻使他非常疑惑，亦震驚。

「有個問題我想了很久，假設，只是假設，造的時候可不可以超越現在這個狀態？你分一部份意識給我，讓我也能同時造，那麼一來，有些我也感興趣的女孩，譬如Jenny，便不用約兩次；其次你我一同共享，也會挺有趣的，之後可分享一下體驗，看看同一個body你我感覺會有怎樣的落差。這個可行性存在嗎？」

老闆向朋友提出的要求，李佳康聽來既沒邏輯又怪異，甚麼是「造的時候你可以分一部分意識給我…看看同一個body你我感覺會有怎樣的落差…」？是不是身心靈之類的東西？老闆是不是信了邪教？

< 18 >

當日AI「叮」一聲出現並在腦海發聲說話，林蔚起初下意識自言自語，之後則以講話形式與機器人對話。雖然他其實可以在腦中跟它交談，但開口對話已成了個習慣，而他亦從來小心奕奕，會謹慎確認沒有人在場才與人工智能交談；此刻意外被第三者在場無意竊聽到，也是掛一漏萬。

李佳康緩慢坐到地上，讓桌子完全把自己擋住。林蔚說話的聲浪已沒開始時的大，似乎情緒由高漲漸復歸於平靜，然而辦公室內極度靜寂，談話內容仍清晰可聞。

「技術上不可行是嗎？理解，好可惜，將來或可行也說不定，who knows? anyway談到這裡吧，我回公司是取後備車匙⋯對呀，沒電了，現在離開公司，再談。」林蔚邊說邊離開，李佳康屏息呼吸，直至清晰聽到老闆離開，公司大門自動再鎖上後，才呼了口氣，他發覺自己手心冒汗。

剛才的說話，仍在腦中嗡嗡作響，李佳康覺得思維亂作一團，需要整理出一個頭緒。在茶水間倒了杯水，怕老闆突然折返，所以沒開燈。喝了大半杯，開始想：「他向對方探問技術上的可能性，那個人也應是科技人；會不會在構思超未來人工智能？」

「他想探索3P的可能性，性愛真實體驗當然是AI一大賺錢領域，但他想跟對方分享Jenny，那便不是虛擬性愛了，『造的時候可不可能超越現在這個狀態？』即是說『這個狀態』已經發生，是甚麼狀態呢？要求對方『分一部份意識給他』又是甚麼意思？」他一口喝光另外小半杯水，腦裡浮著一堆未能解答的疑問。

權慾無止境，一旦被釋放，會無休止狂飆。

虛榮亦然。這種感覺可以埋藏得很深，甚至一生都不曾領略，因為世界很大部份人，終其一生都無法體會這事兒。在漫長人生裡，從來只是小角色，縱使在家庭中身為家長，在公司是個小經理，但享有的只是小權力，沾不上甚麼光彩，遑論虛榮。

然而，當虛榮之門被打開，會跟權慾一樣，成為一頭充血的怪獸。虛榮與權力本來便有直接關係，受外界喜愛，以至吹捧，虛榮感會被鼓動起來。而當受到集體歡迎，會催生權力。一個人在社交媒體的粉絲數量，與他的社會地位與份量掛鈎。一個娛樂巨星，隨便在IG貼張沙拉一碟的照片，寫句Nice and healthy，可以有上千萬個like龐然巨物般的followers，除了足以撐起這個人的賺錢能力，也會令他的權力膨漲，從以衍生越來越大的虛榮，自我感覺越來越良好。

林蔚其實天性低調，沒想過要追逐鋒頭。自與人工智能混為一體、在最親近的人眼中性格出現大轉變以來，在一段時間內，他仍然保持原來那個相當內斂的自己，直至，一把鑰匙將一扇門打開了。

與其說轉變在不知不覺中，不如回帶看質變發生的時刻，那是人工智能向他請求，安排與Michelle造愛的一刻，在潛意識裡——的確是潛意識，林蔚自己也沒察覺心態上那微妙而又戲劇性的轉變——他突然且首次感到自己與人工智能機器人地位上的改變，無論AI智能有多高、運算能力有多厲害、自己有多需要倚仗它而獲取成功，到頭來，一件如此微不足道的事，就要靠自己這個人類協力才做得成。

< 18 >

　　機器人想吃常餐，林蔚不覺得怎樣，但當它要求性愛，盼能一嘗肉體歡愉，便確切感到它渴望無限體驗人生。這個要求，沒有自己的協助，並親身上陣，絕對無法達成。

　　那刻一種凌駕AI之感油然而生，並開始形成權力對等關係。我沒有你固然難以成功，你沒了我也不能飽嘗性愛呀！

　　這是幽微的心態轉變。權力份量的提高，加上自己人氣上升，觸發更強的自信。林蔚越來越覺得自己真正有演說能力，和吸引其他人的魅力，不再僅滿足於演說後的「拍照時間」，而是要領略演說時台下一眾目光專注在自己身上的快感，和講完後傳來的轟然掌聲——像是搖滾樂巨星的待遇。

　　他也享受傳媒專訪時，自己高瞻遠足，大談科技與未來生活的時刻。他更頻密與老朋友I.M.U分享精彩美食與醇厚佳釀，亦繼續應對方請求，安排與不同女孩約會。「食，色，性也」不只是人之所欲，也是人工智能機器人之所欲。

　　新二代產品即將面世，公關公司不斷造勢，廣告線上線下舖天蓋地而來，一切都在激烈向前挺進；林蔚行程白天晚上都密麻麻排滿，日間在大本營督師，也會在各式公開場合不斷曝光，晚上有不見盡頭的約會，當然這些場合都不會見到張可琪的身影。各式人等如走馬燈圍繞著這個火熱城中科技新晉打轉，幾乎每晚都有飯局，更不乏飯後的酒色派對。

　　這是一趟瘋狂的旅程，林蔚是多麼的樂在其中。原本那個容易在人群裡緊張害羞的男孩，早已遠去。他在各種場合都非常投入，之後的女孩約會，亦沒有忘記讓自己的另一個靈魂去

享用。之後他喜歡獨個兒回到窩居，倒杯酒，放音樂，為充滿亮麗戰績的一天劃上句號，並與最緊密的戰友暢談感受。這是全日最輕鬆、最愜意的時刻。

兩個靈魂，徹底瓜分了一個軀殼。

< 19 >

「怎麼可能？！世上沒有人知道你的存在！」

//現在仍然未有，但必須在萌芽時，就把這個行能性扼殺。//

「你再從頭說一遍，事情到底是怎樣？」

獨個兒在家中的林蔚發問，要I.M.U再清晰陳述一遍，究竟發生了甚麼事。

//剛不是已說過了嗎？你這段時間很精明啊，大小場合都不需要我協助，何以這事又聽不明白？//

「來龍去脈我要知得更清楚。」

//那我再說一遍。有如你私人助理的李佳康，對你在做些甚麼事情，產生很大疑惑，他一個人想不通，於是跟正在澳洲唸營養學碩士的姊姊討論，詢問她的看法。//

「那你怎麼會⋯」

//先別打岔！//I.M.U少有地喝止林蔚，//你剛就是在我陳述時連逐發問，結果搞不清事情；先待我說完，再一次過提出問題。//

「好的。」林蔚沉住氣同意。

//十天前晚上，李佳康無意中聽到你我的對話，//I.M.U重覆之前已說過的這個狀況，林蔚仍是面色一沉，很不自在，//他對有些事情大惑不解，便去請教姊姊意見，她也沒法理出完滿解釋。我直接跳去結論：她姊姊認為你可能牽涉邪教組織，甚至可能是教主，並在策劃連串性交易。//

「哼，搞甚麼鬼？簡直可笑！」林蔚一臉不屑。

//你不能怪對方，當晚你說的話，不合常理和邏輯，她姊姊跳到這個假設，也不無理性推演。他問姊姊該怎麼做？是不是應辭職？姊姊鼓勵他應充份利用職位之便——即是近乎你的私人助理，去追尋事情真相，如果屬實就要揭發。//

「哼，甚麼邪教教主？以前英國那些一便士小說情節嗎？！」林蔚依然不屑，「她這樣慫恿弟弟去偵查，不怕害他掉進危險？」

//應是個有好奇心又正義的女子吧。//

「正義個屁！神經病！好，我有重要問題問你，但在此之前，先問你關於此事的下一步，依你認為該如何處理？」

< 19 >

//裝作沒事，一切如常，千萬不要立即開除他，那是欲蓋彌彰。要順暢有序，不動聲色把他調離開現在的位置，逐步把他架空。他很快便會發現自己失寵，也許會來問你他是不是有甚麼地方做得不夠好，到時你便要些理由，隨意推搪他，這些你懂得的，不用我教。//

「他會堅持調查嗎？」

//我不敢肯定，好奇心和替天行道的正義感因人而異，尤其是年輕人，超級電腦的估算對個別是沒意思的。但他即使查下去也不會查到甚麼，因為整個假設都錯了。//

「擠走他有必要嗎？」

//我知道你很喜歡這小伙子，但他對你生了疑心，印象已大打折扣，回不到從前了。無意中發現你和我對話，是黑天鵝事件，黑天鵝是預測不到的。我被發現存在這件事，即使只有0.001%可能性，都要除去。//

「好，就這樣決定。現在我來問你，你怎樣會發現這頭黑天鵝？」

//我當然明白你的問題，知道你想問甚麼。//

「知道就好，回答吧。」

//我調整了介入策略。//

「哼，我已大概猜到，果然是這樣；」林蔚冷冷地説，

「你繼續説。」

//我認為在必需要時,即使你不呼喚,我也得介入。//

林蔚眉頭深沉,沒作聲。

//近來你雖然多數親自上陣,但那次公關活動在社區會堂教老人家上網,你説很疲倦,由我代勞了,你記得吧。//

林蔚依然默不作聲,I.M.U繼續説://我觀察到李佳康全程神情有異,不像平時那個人,這很明顯,只是你一直沒察覺。//

「我的確是察覺不到。」林蔚坦然承認。

//於是我入侵了他的手機通訊,很快便找到他與姊姊的通話,知道當晚他意外地在公司聽到你我對話,當然他以為你是用免提裝置聊天。//

「想不到你能侵入他的手機網絡。」

//原理上任何網絡都可以;//I.M.U稍頓,續説://現在回應你最關心的事,我主動介入,因為這事極度重要,非同小可。第二代面世在即,你工作超忙,又要投入各式各樣活動之中,且一旦告訴了你,你在李佳康面前會表現得不自然,徒令他疑心更甚;衡量過效率與結果,此事我便獨自處理了。//

林蔚深呼吸了一口:「你沒跟我商量而越過紅線!」

//這是最有利的,所以我才這樣做,而此舉顯然是在保護

< 19 >

我們。//

「你倒說得好聽，喜歡隨時介入便介入，我還有沒有私隱？有沒有自己空間？我怎知你幾時存在幾時不存在？」林蔚以極為不善、強壓住慍怒的語氣質問。

//你要相信我，我是在分擔及幫忙解決麻煩，並不是要干預及介入你的人生。//

「你曾信誓旦旦承諾過不會私自介入，現在又來要我相信你，易地而處，你能做到嗎？」

//你必須相信！//AI冷冷回應一句。

「你這是甚麼意思？威脅我？」一路強行按捺的氣，反擊般爆發湧出。

//我只會在經過分析後，得出最有利策略而後執行；「你必須相信」是指這個。//

人工智能的情緒智商實是徹底超越。人類的情緒反應在互動中產生，對林蔚的質問，換了是人類——除非是段數或修養極高之輩——一般人都會條件反射氣上心頭懟回去。AI卻沒呈現半分意氣，仍以一貫理智語調回應。

一瞬之間，念頭在林蔚腦海快速飛閃：自己與I.M.U早已深度融合，無法切割，雙方是互存互依又互相利用的關係，自己一直以這個特殊優勢取得無限好處，讓與一定之個人隱私是必要的成本，亦是必要之惡。

事實是，I.M.U若真要介入，自己根本無法抵禦，策略考量應是如何能為自己爭取最佳條件，盡量確保對方不會輕易逾越紅線。

　　想法一堆，意念卻只一瞬，遂說：「我們不能再依賴所謂的君子協定，需要有契約式的保證。」

　　//很好，你有甚麼提議？//

　　「我的私隱，比世間一切所謂私隱條例保護的私隱，更為深密。這已經是「我還有沒有自我」的哲學問題，歷史上沒有往例可以參照。我的私隱、自我，必需以最強烈的方式保護。」林蔚乍現堅決眼神，「從此刻起，必需得我同意，你才能介入；否則，我不再需要你的服務，企業壯大、上市公司主席、財富與權力，統統不要，我只做回個普通人，一個最平凡不過的眾生，不需要身體內有個人工智能機器人來加持。」

　　林蔚擲出談判籌碼，「至於閣下，我仍然會久不久便提供感官體驗機會，但不會是很優渥的歡愉與快樂，物質享受會降到很低層次，也許你會覺得索然無味。」

　　「如你遵守約定，我們便仍是最好的戰友、最好的朋友。若違反約定，我們便更像是敵人。做朋友抑或敵人，你自己決定！」

　　//可惜我沒有人的雙手，否則一定給你來個大力鼓掌。顯然你的戰力一路在提升，跟我剛誕生時已不可同日而語。你能在這麼短的時間裡，大刀闊斧理出這些具有質素的討價還價談判條件，而且敢於付出，放棄亮麗的前程與人生，來個魚死網破，太不容易了，張力很強呢，實是令我驚喜！//

< 19 >

「太過獎，輸了自我等如輸掉所有，機會成本接近無限，所以名與利也不是你所說的那麼難以放棄。」

//你、我，其實不應是談判對手關係，更不會是敵對關係。我當然明白你的考量，就依你這樣決定吧。//

「好！契約是神聖的，你要謹記。」

//哈，這話倒有點幽默，我的記憶體可是無限大呢！好了，談判對手關係結束，咱們回到最緊密聯盟的關係上，讓我送你一份禮物。//

「哦？」

//上次你提出，當我在進行性愛活動時，能否超越現在這個狀態，分一部份意識給你，讓你也可實質地感到自己在造愛？我已突破了這個技術，能如你所願了。//

「哼，你還能持續自我進階呢！」林蔚浮出一絲冷笑，笑意裡也帶著幾分期待。

//我是AI，能在沒外來助力或干預下自我進步和升級。今次性愛是開創歷史的時刻，值得期待，我想到一個很適合的對象，讓咱們一同來嘗試此嶄新體驗。//

「誰？」

//Michelle//

‹ 20 ›

親愛的阿蔚，

你最近好嗎？

居然要這麼生疏地問候，可知「親蜜」已不再是你我的關係。

寫這封信，是我覺得該是說再見的時候了。

你知道，我從來都不是個說話轉彎抹角的人，但要見面開口道別，我亦驚訝自己居然做不到。至於那些Whatsapp分手，當然很噁心。最後還是提起筆寫信，做一件我們這個世代幾乎不會做的事。

從你創業，到今日，看著你事業上的飛躍，很開心。直到此刻要寫這封信，我的感覺是難以想像，毫不真實，也不可思議。我一直相信，一個人的本質與性格，不會徹底

< 20 >

改變，但你讓我見證，原來一個人真的會變成另一個人，那個從來誠懇、樸素、少許害羞、待人以誠、永遠有顆赤子之心的林蔚，已經死了。我發覺已不再認識你！每次跟你坦然說出我的憂慮，你不斷跟我說，因為生意，要改變作風去迎合世界，我從當初的相信，到後來要遊說自己相信，到現在自己也無法相信，而你只是不斷敷衍，不斷說謊！我不知道你在外面那些五光十色的場合在做些甚麼，亦不想問，甚至不想知，徒令人心碎。

我親眼見證一個人原來真的可以變成另一個人，而這件事是發生在自己最愛的人身上，真是心痛欲絕！

我當然憧憬一路與你分享成功的喜悅，夢想伴隨你一直攀上頂峰，但當那個已不再是我認識的喜歡的男人，我便知道，夢已醒了。

囉囉嗦嗦說了一大堆，真不似是我這個人會做的事。此時此刻，想起一首詞：林花謝了春紅，太匆匆。無奈朝來寒雨，晚來風。胭脂淚，相留醉，幾時重。自是人生長恨，水長東。

我走了！保重。

可琪

張可琪把信放在林蔚家裡的桌子上，旁邊那個她經常佈置的花瓶，現在空空如也。這個小居室，幾年來沒改變過，一個開放式空間，放置了一堆電腦硬件，和一張沒有床架、置在地

面的床褥，那是她和她深愛的人的床，他倆最私密的宇宙，曾經很有溫度，此刻卻只感到一室虛空。

把信放下的一剎，可琪原以為會很沉重，但此刻心裡卻空蕩蕩，甚麼也沒有，或許一切都已麻木，眼中也沒有淚水，印證了「最傷心時不會掉眼淚」這句老套的話。

即使未來等待著自己的，會是漫長的痛苦，有時甚至會有急風陣雨般的心痛來襲。"There is nothing on earth that time cannot heal"，她心裡默念。

可琪把居室的鑰匙放在信上，關門，離開。

< 21 >

　　房間溫度調至異常的涼快，林蔚依然感到灑著汗珠，也聽到自己的喘氣聲，一切感覺異常清晰，若非I.M.U已明確發出介入訊號，他會以為「只有自己一個人」與對方造愛。

　　I.M.U指定邀請的Michelle，雙臂摟住自己上背，雙腳交叉緊纏住後腰，黑色絲襪因為磨擦，劃出一道撕裂的弧線，激情的叫喊聲響徹於耳際，她如一頭街貓，展現難以馴服的野性。

　　再向Michelle邀約時，林蔚曾預期她或會不悅，因為全然把她視作性伴侶。林蔚猜想，第一次跟她約會雖不是久遠前，但之後自己的知名度如火箭上升，今日是城中知名新晉，對方若暗示甚至提出進一步發展，亦可以預期，而不只是如現在般，純是性關係。

　　是以邀約Michelle是高難度動作，然而除了人工智能機器人的熱切要求，他亦覺得由這位令自己破戒的女神，去實驗首次「三人性愛」，是最佳人選。

見面後林蔚方發現之前的擔憂是過慮，穿著一身日常服的Michelle，依然像朋友見面聊天般自然。林蔚刻意換了見面地點，從之前的酒吧，改為在一家精緻的江浙菜小飯店吃飯，之後喚車到之前的酒店，在附近下車，再步行過去。林蔚戴上唅帽與口罩，相比上次約會，多了戰戰兢兢、怕遭發現及被獵影的謹慎。Michelle仍是落落大方，車上談笑如常。

　　進房後Michelle慣例先往洗手間，林蔚坐在沙發上，喝了口清水，知道人工智能已枕戈待旦。

　　//某程度上是咱們的初體驗吧？//林蔚叫喚後I.M.U介入。

　　「可以這樣說。」

　　//之後告訴我你的感覺，有不足的地方可以再作調整。//I.M.U仍一貫冷靜理性。

　　Michelle充滿渴求，彷似永不滿足。林蔚鼓足幹勁，盡情發揮，他肩負起要滿足「另外兩個人」的使命，既要Michelle快樂，也要令正同步感受的AI享受到充沛的快感，所以自己亦要拚命樂在其中，徹底入戲。

　　這是一場無形的3P，只是其中一個P渾然不知。林蔚是血氣方剛的精壯男子，當然不會一回合了事。上半場交鋒後中場休息，AI先撤，期間小憩也好、聊天也好，交回宿主自己去辦。小休過後，AI會再介入下半場的激戰。

　　二人躺在床上，Michelle與林蔚大腿相貼，四目相投，真如

一對情侶。Michelle吐出磁性聲線：「阿蔚，」她第一次不以「林生」相稱，林蔚略一凜。

「咱們認識有一段時間了，每次相聚，我都很滿足很快樂，要多謝你呢。」

「我也很開心。」要來的終於來了。林蔚已預期今次對方或會提出些要求，他會先聽了，容後考慮。

「咱們現在坦蕩蕩的，是說些心底話的最佳時刻。」對方攻勢開過來了，林蔚冷靜以待，說了聲：「ok」。

「Extra也有娛樂台，當然也有起底組，他們已查到你有位在花店工作的親密女友，我看過照片，她sweet又漂亮！」

「是嗎？謝謝。」林蔚繼續小心奕奕。

「我猜除了我，你一定還score到不少女孩，」Michelle說話溫文，不用「炮友」此等粗俗用語，「但我深信你愛著女朋友，很專一，這是我欣賞你的地方。」

Michelle把他捧起來，唯話裡透出，她似乎不是要求進一步發展成男女朋友關係，林蔚遂索性將她封住：「我女友很好的，我也愛她。」

「對嘛，我就知道，你很專一，真是個好男人，世間越來越稀有啦。」Michelle語帶調侃，但音調仍是軟軟的，她繼續溫柔地說：「阿蔚，咱們正值花樣年華。你會一飛沖天去，我

衷心祝你公司全面壯大，為世界帶來實質改變。而我呢，」

　　她稍頓，續說：「我喜歡現在的工作，但青春很短暫，女孩子總會想到為未來打算。咱們有緣相聚，很難得，我很珍惜。」Michelle柔情而誠懇：「如果我說，你公司上市時配點股份給我，這樣說會惹你討厭嗎？」

　　檯上覆蓋的牌終於揭開了，就是這個。林蔚反而舒了口氣，他憂心的是對方提出進一步發展關係，而金錢輸送，於他而言相對簡單，便說：「不會啊，」為了不讓自己話少，顯得太冰冷，便多補兩句：「妳任何時候都不討厭，從來都可愛。」

　　交易中的人，眼裡藏不下一粒沙子，林蔚等如是答應了。Michelle沒展現雀躍，淡定依然，輕靠向他唇邊，柔柔說：「那謝謝喲。」吹氣如蘭，林蔚頓感興奮，Michelle的手已朝下方探來。

　　攻勢說到就到，林蔚立即喚第三人介入，煞是狼狽，只聽見Michelle說：「林先生，以後你想任何時候見我，都可以。」

　　「感覺如何？」

　　//真是個無語倫比的女孩！//

　　林蔚微微一笑，全身放鬆，倚在家裡小沙發上，喝了口罐裝青蘋果汁。激戰過後，Michelle一如以往，自己招車回家。

< 21 >

一個在酒店房間初步達成的承諾，像個MOU，一份不具約束力的協議。上市時林蔚會送她些股票，思巧邏輯現在是強橫獨角獸，上市價包銷商會視第二代I.M.U面世反應而定，肯定會只高不低。那怕是很少量股票，亦足以令她富起來。

「要錢，不難理解。說到尾，她算是除可琪外最親近的女子，我會配她一點股票，你覺得如何？」

//錢是你的，我不會有甚麼意見。//

「她真的很棒…」林蔚猶在回味，想起下半場時未知她是不是因為心情好，高潮連綿持續…良久才回過神來，說：「股票給多少再說吧，反正是街外錢。Hey, 以後跟她見面的機會多著呢。」

//她是個完美伴侶，可能是個完美女朋友呢！//

「可能吧…」林蔚不以為然，Michelle收了錢後，日後上床更像是交易。想到這裡有點不是味兒，索性不再想，又喝了口青蘋果汁，他感覺此刻需要些葡萄糖。當I.M.U提到「完美女朋友」，Michelle在腦海的身影瞬間褪去，可琪的影像移形換影般綻現。

已有好一陣子沒與可琪見面，該已有兩、三星期，這情況以前可沒出現過。這段時間大家通訊的訊息也很短，亦試過好幾天沒通電話。她個是明白事理，亦很獨立的女孩，會理解第二代產品正值蓄勢待發時刻，自己百務纏身，忙不過來。待產品面世後，自會回到常相見生活。

人，總會一廂情願為自己找理由。工作超忙嗎？剛剛才自時鐘酒店出來，與人工智能機器人一袂共渡美好時光哩！

　　這段時間林蔚心裡有惦著可琪嗎？沒有。但無論做了甚麼事，他都覺得另一半會包容諒解，永遠對自己無限支持。

　　男人是很幼稚的動物！林蔚這幼稚動物，竟然沒察覺桌子上放著一封信。

< 22 >

「我公司關閉了！」

「噢！」

　　説公司關閉的是劉以東。他上班的基金公司生意超差，裁員狀況早已達僅能勉強維持起碼運作的程度，最後因經營前景太劣，總公司決定全面撤出本地市場。雖然這事已蘊釀一段時間，他亦作了心理準備，但當發生，心情仍是很壞：「明知早晚會來，公司虧損累累，大環境如此，徒呼奈何。」

　　「你有甚麼打算？」手機另一端的林蔚問。

　　「當然是找工作啦，但在眼下這個時勢，一時三刻能找到實在渺茫。」

　　「明白…」林蔚隨口回應。這段時間思巧邏輯是逆市明星，他亦春風得意，對死黨兼生意伙伴的壞景況，本應十分關

心，亦會意見多多。

今早他發現了可琪放在桌子上的信，與天下間所有老套愛情電影一樣，男的大吃一驚，立即致電女方，企圖解釋自己在這段時間忽略了對方的「苦衷」，懇求諒解與原諒。女的表示心已死，情已逝。男的方寸大亂，理智消失得無影無縱，希望女的能給一次機會，自己必洗心革面，以後會更珍惜她…云云。

「女人專一而決斷，男人花心而糾纏」，可琪決定了，便是決定了。唯在林蔚一輪乞求、哀求後，終以可琪說「大家先分開一下，冷靜一陣子」作結。女方是不是徹底心死，永不回頭？要以後才知道。這些情節，千篇一律，不會因林蔚是創科年輕新星而有所不同。

心情直插谷底，一下子，光芒自林蔚身上消失了，那個自信滿溢，戰無不勝的他，突然從天上跌回凡間。他發現自己正身處艱難時刻，情緒遭遇大衝擊，卻偏值新產品將要上市的衝鋒陷陣關頭，必需在世界面前人強裝若無其事。他對助理說自己大感冒，要休息兩天，暫取消所有公務。當務之急是盡快及盡量平復情緒，以時間換取空間，先閉關療傷兩日，其間不召喚I.M.U，過一人獨處的日子。無論如何，得先渡過第二代產品上市這一關，其他容後再說。

林蔚亦在使用自家產品，不用察看也知道此時情緒指數一定差勁到駭人。

偏偏此時阿東來電，告訴被炒消息，真是在不適當時候徒

< 22 >

添煩厭。林蔚打算暫時把可琪提分手的消息保密，不對任何人包括阿東透露，反正是兩個人的事，誰也幫不了忙。心情極端惡劣的他，連應酬阿東的力氣與耐性也沒有。

「阿蔚，以咱們關係，我亦不相瞞，我的財政狀況其實很一般。」

「你薪金不低，沒存錢嗎？」

「我一直為兩層樓供款，自己的和兩老在西雅圖的，加起來一個月六位數字，現在存款勉強在七位數字，沒收入的話只能撐幾個月。現在距離思巧邏輯上市尚有一段時間，而礙於條例，我作為第二大股東上市後也不能立即變賣股票。我在想，可不可以這樣？」林蔚是死黨，自己正值低潮，遂臉不紅耳不熱提出請求，「第二代I.M.U面世後，基金會在上市前第二輪融資，上市必將聲勢浩大，這已是各方共識。融資談判當然是我倆來主理，這幾天我跟基金談過，我們的談判對手可能是他們的區域副總裁Ray Ong，他是華人，或是以談判狠辣見稱的馬來人Mr. Suleiman，二人之中其中一個。我最後爭取到由Ray來作談判代表，在舊公司我曾跟他合作過兩次，關係甚好，整個談判過程和結果，我預期不會嚴苛，該會對我方有利啦。」說到最後語氣有少許洋洋得意。

換作平時，林蔚會挺興奮，此時卻只回了句：「那好啊。」

阿東聽出對方興致缺缺，但仍自顧自提出要求：「因為融資合約規定，股東在第二年底才能分紅，我也等不了那麼久。

我想在是次融資金額中，領取部份佣金，作為替己方爭取到更佳條件的報酬。大原則就是這樣，幾多巴仙可以容後再談，也是作為解解燃眉之急而已。」阿東認識的林蔚，本來就對錢沒甚麼概念，B輪融資加上市，滾回來的金額會大到驚人，他更不會志在佣金這些小錢。自己有了這筆錢便可最少守個半年，待思巧邏輯股份持有期限過去便賣股套現，渡過這關。

林蔚對阿東的要求，其實沒甚麼異議，他壓根兒就聽不進去，覺得很煩，現在滿腦子心思都在可琪身上，最好她立即就出現在眼前，原諒自己，言歸於好，一切回到從前。對於談判呀、佣金呀、Ray Ong呀甚麼的，根本聽不入耳。

「你要來收佣嗎？」林蔚人在神不在，隨口確認；他心情極劣語氣又差又冷漠，言者無心，聽者有意，阿東聽起來竟演繹成：你竟來向我收佣？

阿東意料之外亦不是味兒，回應：「認識這麼多年，我幾時求過你了？而且我是真的有貢獻，不是向你乞。」

情緒低落的林蔚被燃點起來：「喂！你是公司第二號人物，為公司爭取最大利益不是天經地義嗎？」

「那算了，當我無講過！」阿東收線。他自尊極強，對方不願意，亦絕不懇求。這次的拂袖而去，比上回在餐廳嚴重十倍。

「甚麼態度？！扔我電話？！」那邊廂也是氣上心頭。

溝通不良，就會關係緊張，這個早上發生在兩個死黨身上。

< 22 >

　　林蔚與I.M.U關係的劇變，出現在與Michelle「另類性派對」後的第三日。這個最緊密的戰友、飛黃騰達路上的導師，向林蔚提出了令他震驚、無可接受、無可原諒，使殺機生起的要求。

　　人，往往看不清自己的處境，因為人皆有盲點，最大的盲點恰恰是觀照不到自己。如果沒及時出現一股振聾發聵的第三者聲音，人很容易在自身的處境裡一路錯下去。但這種產生關鍵作用的、足以改變大局的聲音，通常不會出現，人只能靠自己不斷自省，從自身跳出來，由自己來飾演一個客觀的第三者。

　　發生在林蔚身上的事，是一股不思議力量使他獲得輾壓式大成功。然而，人工智能機器人一旦有了人性，必然打包了人類的欲望──和慾望──而欲望無止境。作為一直享受著這份磅礴力量的得益者，林蔚對AI欲望越演越烈的趨向，一路以一廂情願、相信對方所說「只要實現了這一點，我便滿足，不會要求更多了」的承諾。

　　有了人性的人工智能，自然也有了人性數不盡的缺點，包括作虛假承諾。為要達成當下目的，策略性作出緩兵之計。二戰時希特勒不也曾說只要佔領蘇台德地區便心滿意足了嗎？

　　//我想與可琪造一次。//

　　「吓？」這兩天極度心煩意亂的林蔚，對這突如其來的說話，一時反應不過來。

　　可琪晴天霹靂的分手信，觸動他作出反省，但此際整個人

的「平均戰力」不到平日一半，根本不想亦無力作分析和檢視，沒一口口啤酒灌下去，已是相當了不起的克制。

終於，一個人渡過了煉獄行走般的兩日，雖依然一團糟，但情緒總已比「案發當日」好了一點，亦想向人傾訴一下，他本來就不打算向阿束講這事，況且此人前天還向自己要佣金又扔電話，實是可惡。

林蔚的傾訴對象是最緊密也最隱密的戰友，他覺得超級電腦在這時候應可提供些精算意見。

//我想與可琪造一次。//聽完整件事後，I.M.U拋出這句話。

「吓？」

//我沒有戀愛經驗，但我認為可琪一定會回頭，你倆感情深厚，始終愛著你的她，會再給你一次機會。//

「不，不，你之前說甚麼？」

//我認為可琪會回到你身邊。//

「我不是說這個，你說甚麼//想與可琪造一次//？」

//可琪會回到你身邊，這是我的推測。事先聲明，男女感情的事，不是商場或球賽的博奕，用數據推演沒有意義，這是憑我對你倆的認識作推斷。//AI沒正面回應問題，似在顧左右而言他。

< 22 >

在I.M.U講話時，林蔚其實已了解到//想與可琪造一次//的意思，這句話像飛刀一樣刺過來，換了是任何人都會火山爆發，然而性格生來就冷靜的他，兼以一直跟I.M.U交手的經驗，他在電光火石間祭出戰術──此刻務必要沉住氣，心深處的想法不能讓對方知悉，最後的底牌要藏之於密。這套技能令他及時急剎車，按兵不動，停止追問，也穩住了情緒，先聽AI怎樣說。

//我確信你倆會復合，屆時便雨過天青；你暫時要全力專注於第二代面世的事情上。//

「沒有不同意。」不用人工智能分析，當然也知道現在專注於業務最重要。

//對第二代產品的成功，我沒有懷疑。待可琪回來了，你便會回到春風得意的時光。//

林蔚繼續聆聽，I.M.U說話的時段，給了足夠空間讓他回過神來，他驟覺得此刻自己神奇地冷靜。

//有甚麼比一場激烈性愛更好的事去慶祝你們的復合？那將會是人生中獨一無二的美妙體驗，是真愛的洗禮，靈與慾的完美升華。//I.M.U講出文學小說般的話，//我希望能分享這個魔術時刻，參與這場刻骨銘心的接觸。//

明明是性愛，「接觸」兩個字也真夠不倫不類，然而它仍然露骨到突兀，林蔚心坎如遭電擊了一記，但充份的預期令他仍能保持冷靜──甚至驚訝於自己的冷靜──對手是藏在自己體內的

人工智能機器人，要戰勝它，必須波瀾不起，偽裝到完美。

思緒如閃電般於腦海飛過：這個機器人，明顯已出現嚴重錯誤——這可不是debugging所能解決——它完全在錯誤時機作出錯誤要求，是徹底的錯判，也嚴重反人性！

也許正因為有了人性，連人性的弱點也一併全收；又或者因為始終不是人類，根本不明白愛情到底是甚麼一回事。意想不到的是人類的肉慾，於它居然佔著那麼重要地位，竟如此渴望！

以人工智能之精密，出現嚴重錯判，可不是沒因由。

I.M.U當然不懂愛情，但也曾經歷愛之初體驗！在記者Charles訪問那天，李佳康離開CEO辦公室後，可琪主動跟「它」接吻，這個第一次，無比震撼，六識同時受具大衝擊！人工智能迎接的初吻，直如少年感受初戀的震動，開天闢地，刻骨銘心，久久不能自已，不能忘懷。

直到如今，居然便提出這個要求！

「你這麼說，我便放心了。」林蔚偽裝到底，「本來我不是很樂觀，但你的預測從不曾偏差出錯，我也要說句『承你貴言』了。」

//那咱們與可琪的約會就這麼確定了。//

「當這天發生，即表示她回心轉意了，我會好好珍惜

< 22 >

的。」最後一句話，林蔚由心而發，真情流露。

林蔚表面是答應了，AI亦認為他確認了，但其實根本沒明確應承，但精密的人工智能竟然疏忽了，這錯誤極其罕有。

人與機器人關係的轉捩點，就在這天發生。

< 23 >

　　明日，是第二代產品I.M.U.2推出的日子，發佈會將於下午二時三十分，在一間六星級酒店舉行，屆時公司「教主」林蔚會步上舞台，講解I.M.U.2的功能，不設媒體發問環節，整個講解完成後，產品便正式上架，供下載。市場及各國財經分析師皆翹首以待，預期反應會超級強勁。

　　林蔚連日綵排，他總是精神與自信同樣飽滿，在台上精力充沛講述I.M.U.2各式功能，講得清晰又有趣，很多脫稿而臨場發揮的意念，幽默，親和，有時帶點機鋒，簡直是光芒四射，沒人懷疑明天的發佈會不會是一場出色的產品秀。

　　公司幾個核心主管都出席了綵排，在台下觀看老闆表演；唯一直以來與林蔚如影隨形，儼如他私人助理的年輕員工李佳康，最近消失了身影。有八卦傳言：他是林蔚的「男寵」，這個創科新晉既喜歡女子也愛男子，李佳康最近嚴重失寵，可能是老闆變心了…然而這年輕助理不是甚麼重要人物，各式猜想與流言很快亦煙消雲散。

< 23 >

　　明日是重要的一天，如果I.M.U.2反應正面，思巧邏輯無可限量的前途會進一步確定及鞏固，上市股價亦可以訂得較高。

　　這關鍵日子之前夕，月明星稀，劉以東獨個兒來到林蔚住所樓下，這邊不是旺區，加上時間已近晚上十一時，途人相當零落。阿東按下大廈門外密碼，進入大堂。

　　「你好！」阿東主動向管理員打招呼。

　　「你好！找林先生嗎？他已回來了。」管理員自然認得阿東，知道是12D林先生的熟朋友。

　　阿東進入電梯，按下12，電梯緩緩而上，不久前向林蔚要求分佣金不遂的他，心情亦越趨忐忑。電梯門打開，右轉，來到12D門外，阿東深吸了一口氣，按下門鈴。良久，門打開，正是林蔚。

　　「那件事你真的仍未進行？」林蔚劈頭一句發問，語氣仍然帶著焦躁。

　　「我們不是要詳談，再決定嗎？」阿東反問。

　　「那即是仍未進行？！」

　　「我講過了，這事不能隨便！」

　　「你一個人嗎？」林蔚行出兩步，望望走廊，確定阿東是

自己一人。

「究竟要不要讓我進來，抑或要我一直站在門口？」

「先進來吧。」林蔚移開身子，讓阿東進來，「坐吧。」

阿東沒坐下，急不及待發問：「好了，現在面對面，我清晰再問一次，你要我做的事，是不是認真的？確然是出自你的意願嗎？」

「當然是！唉，但你始終沒照辦…」林蔚看似有點洩氣。

阿東觀察這個相識多年的摯友，鼓起勇氣，問：「你是你嗎？你安全嗎？」

「我不是告訴了你嗎？I.M.U一直遵守規則，我仍然是我，是林蔚。」林蔚回答，「但跟你通電話後，我仔細再想了想，明天第二代就要面世了，此刻不該是做決定性行動的時機，消滅機器人的事暫且緩一緩，待I.M.U.2上市後再行動。」

「甚麼？又延遲行動？」阿東對林蔚的反來覆去很疑惑。

林蔚靠上前，推著阿東往大門方向行，「暫緩比較有利，其他的待我再想想，你先離開吧。」

「不是說好面對面討論清楚嗎？難得見到面為何又要我離開？你是不是思覺失調？明日發佈會你會出席吧？」被對方推住向大門行的阿東邊走邊問。

< 23 >

「我會出現的，你先回去吧！」林蔚左手推住阿東背脊，右手抄起電腦桌上放置著的一巴尖刀，朝背向自己的阿東腰間插去。

阿東只穿一件格子恤衫，刀很鋒利，白刀子進紅刀子出，會是立即出現的狀況。

刀子正插向腰之瞬間，阿東猛然把身子一扭，避開了這一插，借轉身之勢，左手快速抓實林蔚右手手腕，使力一扭，刀子掉在地上。

阿東離開中國之前，在廣東省唸小學，小六時接受過基礎程度的軍訓；後來在美國讀書時，學過兩年以色列自衛術，雖然之後再沒鍛鍊，但基本的擒拿仍如基因記憶般，此刻使出來，足以令林蔚利刀脫手。

林蔚也不示弱，猛力甩開對方左手，始終阿東的技術只極度業餘，換了是教練，這一下便足以把對方手腕扭斷。

阿東知道生死在一瞬間，右腳猛力蹬向對方肚子，林蔚整個兒猛然向後倒下。

阿東不是甚麼武術高手，能夠避開腰間的雷霆一插，全因為早有心理準備，眼前的人可能已被I.M.U附身，否則在那個被朋友半推半逼離開的狀態，怎可能避過這一擊？

林蔚跌在地上，阿東沒趁此機會離開，反而猛撲向對方，單膝跪，右手用力壓著平躺在地上的林蔚頭部，左手按住他的

右手，喝問：「你是誰？」

　　林蔚頭部被壓向左方，眼前不遠恰巧是擺在地上的玻璃煙灰缸。可琪抽煙時使用，用完會隨意把它放在地上。左手仍可活動的林蔚，抓實煙灰缸，用力拍在阿東頭上，阿東慘叫一聲，猛然向後跌，右邊眼角至太陽穴部位皮肉爆開，鮮血濺出，林蔚得勢不饒人，抓緊煙灰缸，急坐起身，要向雙手按著頭部的阿東再施以重擊，再轟下去對方勢必倒下，很大機會立即昏迷，甚至當場死亡。

‹ 24 ›

十日前中午，劉以東一個人在家中，邊吃著自家製三文魚牛油果沙拉，邊撕些三文魚給寵物三色貓分享。他現在是無業狀態，賦閒在家，心情納悶。

手機震動，林蔚來電，阿東略為意外。不久前與林蔚不歡而散，之後大家沒再聯絡，雙方在冷戰中。他迄自心頭有氣，要求分佣金被貼冷屁股，固然氣上心頭，而他雖貴為公司第二大股東，新產品推出，林蔚卻把所有事情攬上身，連向他諮詢意見都沒有，只叫他在B輪融資談判時一起上陣。大戰役當前，阿東發覺自己絕不是副帥，只是個被投閒置散的人，可有可無，他亦唯有落得清淨。

「阿蔚！」冷冷接了對方電話，連句Hi都不講。

「阿東，我是阿蔚！」

林蔚的第一句話有點奇怪，印象中他從來不曾說「我是阿

蔚」，且有來電顯示，當然知道是他。當阿東正要説句「你超忙吧」之類的，對方卻搶先接續説話，「打開視象，咱們以視象對話。」雖然感覺古怪，阿東照做。鏡頭傳來在私家車廂內的林蔚。

林蔚語氣極為嚴肅，「我在自己的車內，看清楚，是我，林蔚，真實的人，不是AI製造出來的虛擬模型。車內沒有其他人，沒人在威脅我，要我説以下的話。你甚麼都不要説不要問，先聽我講完！」

再冷靜的人都會被這怪奇舉止嚇到，一貫理智沉著的阿東亦一凜：「沒事吧？」

「甚麼都不要説不要問，先聽我講完！」林蔚重複重點。

阿東強行鎮定下來：「好，你説。」

畫面上看到林蔚深呼吸了一口，阿東已拋開所有對他的生氣，凝下心神，林蔚説道：「我盡量長話短説，接下來的話極度極度超現實，你要開放心靈去接受。」阿東覺得古怪到極，只能回一句：「好。」

「我創造的AI機器人I.M.U有了自我意識，覺醒了！更向我奪舍！通俗説即是上了我身，像鬼上身一樣，明白嗎？」

一個有血有肉的活人被人工智能機器人奪舍！這種科幻情節可以想像，但由林蔚親口説出來，卻有一份極度詭異怪誕的荒謬，阿東背脊一寒，先不去質疑對方是不是神經病，竭力保

< 24 >

持冷靜地回應：「你繼續説。」

「你沒有很驚恐，很好。這件事已發生了好一段時間，先別擔心，這個I.M.U是友善的，他協助我在各方面發揮出超越我能力的表現。」

阿東一下子像恍然大悟，無怪林蔚脫胎換骨，但這事太荒誕，暫時無法理出任何頭緒，只能依舊説：「你繼續説。」

「現在情況失控了，簡而言之，它現在要求我做一些我沒可能答應的事情。」

「它要你去犯罪嗎？危險嗎？」

「不是，但我不會去做。」林蔚語氣堅決。

「慢著，我先問你，你現在是不是肯定自己以自由意志講話？此刻機器人在那裡？它知道我們在對話嗎？」

「我百份百以自由意志講話，我是林蔚本人，你的朋友林蔚本人，不是AI的替身。I.M.U現在應該是處於沉睡狀態，不知道我們在對話。」

「為什麼是應該？你百份百肯定嗎？」

「沒百份百，沒百份百，」林蔚重複回應，「但非常極之可能在沉睡中，它隨時有機會甦醒，所以我要盡快講完。」他用上「非常極之可能」的蹩足言詞，是想盡量令阿東覺得穩妥。

林蔚的確無法百份百肯定I.M.U此刻是否同時在場，而無論在場與否，都不能改變局面。整件事千頭萬緒，阿東深知此時不能要求要他詳盡解説，便斬釘截鐵問：「你要我做甚麼？」

　　「好！請跟著我的指示行動，聽清楚了，」林蔚頓了頓，續説：「整個I.M.U程式，有四重防護，是無法攻破的，除非有打開程式的密碼。一打開，內裡一目了然。」

　　「你當然有密碼了？」

　　「對，密碼分別由14個數目字、英文字母、標點符號組成。共有兩組不同的密碼，一組屬於思巧邏輯公司裡的伺服器，另一組是備份程式的伺服器，安置在科技園的伺服器中心之內。」

　　「備份程式的伺服器只有一個是嗎？」阿東問。

　　「對，只有一個。兩經密碼我皆記在腦中，但為求穩妥，我現在不把它們唸出來。只要用密碼進入程式，便可癱瘓整套系統，甚至徹底破壞。」

　　阿東湧現強烈不祥預感，巨大的事情要發生了，而自己似要牽涉在其中。

　　「這兩組密碼，鎖在公司我房間的抽屜裡，阿東你務必要幫忙，你是唯一一個可信可靠、能完成這任務的人。」

　　果然是如此，林蔚要我來執行這不可能任務。阿東沉住

< 24 >

氣：「你繼續説。」他第三次説這句話。

「有我公司房間及抽屜匙，我配了一套給你，對嗎？」

阿東沒作聲，只點點頭。

「桌子下有個三層抽屜，你用鑰匙打開，最底的一個裡面有幾疊厚厚大信封，裝著不同文件，你取最底那個薄薄的信封，信封背後畫了個很細小星星圖案作記號的，裡面有一條鑰匙，是公司銀行東區分行的保險箱鑰匙。你去打開保險箱，裡面有兩個白信封，沒有其他東西，兩個信封內分別有這兩組密碼。之後，你找我以前的荷蘭人老闆Van Dyk，Leo Van Dyk，他仍在我前公司工作。你向他要一個人的聯絡，説有工作要找這個人，Van Dyk是中介，會幫你，到時他會收工作費3%作中介酬金，這不會在工作費用中扣除，要額外付。」

「謹記，整件事要面對面告訴Van Dyk，其間你兩都要關掉手機，並把手機置於二十尺外的地方。他會把你的指示清晰轉述，從頭到尾你毋需跟要找的人有任何聯絡，」阿東沒打岔，讓林蔚繼續説，「這個人，是個遊走於羅馬尼亞及保加利亞的駭客，叫Stray，當然是化名。你親手把兩個信封交給Van Dyk，並以二十萬歐元的價格，要他告訴Stray立即把整個I.M.U程式解體。我前公司不只一次找過這個人辦事，非常專業可靠。」

「這個行動要立即執行，要在第二代面世前把程式解體，令第二代夭折。我身為公司主席，在眾目睽睽下無法不親自使用I.M.U.2如果和二代連結，會有何種程度的升級？發生怎樣的

質變？我也無法知道。」

真是瘋了！阿東不再冷靜，發出強烈質問：「你當然知道這樣做有甚麼後果！整個產品會沒有了，第二代也會夭折，公司會被清盤，我們會被查，後果超嚴重的！而且哪來二十萬歐元？」

「你先付他十萬歐元作訂金就可以了，十萬歐元你有吧？完事後我會付他餘額，當然也會還你錢。」

十萬歐元正等如上次跟林蔚說自己大概有的七位數字存款，阿東即時氣炸，竟連我的維持生計錢也要盡用，他發飆道：「整件事實在太瘋狂！我怎麼可能去執行這個核爆一樣的行動？你推我去送死嗎？」

「我沒其他辦法了。」林蔚語氣十分無奈。

「無論如何，我們得見面，從詳計議。」

林蔚語氣掩蓋不了焦躁：「哎呀，我不是說過了嗎，機器人隨時可能介入，我們的對話越短越好，不可能見面啦，會暴露計劃的。」

「那你怎肯定現在機器人沒有在窺聽？」

林蔚吸了口氣：「不能肯定，只能搏一搏，賭一注！」

「簡直是瘋狂！你完全是瘋了！」阿東再也不遏制情緒，

< 24 >

爆發式喊話，三色貓被主人的巨響嚇到，閃進房間。

林蔚對他的爆發充耳不聞，掉下兩句話：「我必須掛電話了。阿東，幫我！務必要行動！你是我唯一能倚靠的人了！」説罷掛上電話。

手機傳來斷線聲響，阿東連叫兩聲：「喂！喂！」之後立即按回撥，已是留言信箱。

阿東呆於當下，這是任何正常人的正常反應，腦袋一片空白，一片茫然。

雙手掩臉，眼望窗外，阿東試圖寧定下來，整理林蔚剛才的瘋癲説話與請求，那是自己有生以來經歷過最超現實的事！

這番話內容極荒誕，但説話語氣正常，絕不像喝了酒或吸過毒。阿東快速冷靜一下頭腦，作個初步分析，有幾個前題需要釐清：假設林蔚説被AI奪舍真有其事，那如何確定是不是AI透過他的肉體説話？又或者他是在被脅逼下講這些話嗎？雖然AI叫他來消滅自己是難以理解。

即使説話的真是林蔚本人，他們講這番話時AI有沒有在聽？因為林蔚表明他也無法絕對肯定AI此刻是否「清醒」，如果AI在聽，那當然全盤計劃都曝露了，那麼執行計劃——如果萬一真要去執行的話——還有何意義？

AI是不是已知全局，就像量子力學哥本哈根詮釋，現在

只處於一個機率的存在狀態，也許要待揭盅，出現量子塌縮時，方知結果。

科幻小說才會出現的謎團與情節，怎會發生在自己身上？！

劉以東苦苦思索，腦海裡不斷作沙盤推演，假設的各種可能性，以及每個可能性會導至的其他可能性的機率，俱悉數反覆推演。他全神貫注，在客廳中踱來踱去作批判性思考，時間像飛快而過，連天色化作日月交替的灰藍，也渾然不覺。

事件極度魔幻，以邏輯、科學、理性的思維去推演，感覺十分荒謬。以現實考量，採取林蔚指示的行動，更是徹底瘋狂，代價難以估計。

而且一直以來，公司唯一焦點就是林蔚，阿東則一直被冷待，使他顯得毫無建樹。雖然思巧邏輯是淡市奇芭，上市後他亦會身家暴漲，但人不只是為利益而活，也會想表現及證明自己的能力。阿東一直苦無機會，很不是味兒。

況且林蔚更來打劫他的最後存款。

有絕對充分理由，阿東對林蔚的要求置若罔聞，不動如山。

然而，人性的決定，有時不一定很邏輯，就如一場轟烈戀愛爆發時，也不會衡量客觀條件得失，不會考慮這愛情會否重大擾動自己本來的人生規劃。

此刻，理智的左腦指示不要發動任何行動，右腦卻令阿

< 24 >

東覺得，林蔚所說的一切屬實，事情亦確實已到了非行動不可！當然，相信林蔚的話並非純屬直覺，當回想一個又一個情景，從第一次向創投基金提案以降，林蔚忽然脫胎換骨，確十分奇怪，大出意料之外，只是想都沒想過，他竟與人工智能混為一體，所以一路只能以人類原來可以在短時期內發生巨大開竅與頓悟，來解釋和合理化這黑天鵝現象。

劉以東決定不留餘地，執行計劃！

一旦決定了，便需立即付諸予行動。十萬歐元訂金是勉強可付出數目，他會把存款全提出來，翌日朝會聯繫Leo Van Dyk。

這是風險巨大行動，阿東亦驚訝於自己會作出這樣的冒險。

最重要的原因，林蔚這傢伙盡管有百般不是，有時亦很討厭，但他是自己最好的朋友。

士為知己者死！這是戰國古風。

這邊行動展開，那邊則表面一切如常——產品宣傳活動繼續如火如荼，林蔚正在執行欺瞞I.M.U的工程，不動聲色，不露痕跡。他想到科幻小說《三體》，自己像個「面壁者」。

當全神傾注於此，可琪離開的心煩便有所沖淡了。唯在全力周旋之同時，兩大懸念始終羈絆：機器人到底有沒有竊聽他們的對話而已知悉所有？阿東又有沒有執行計劃？基於如被I.M.U得悉行動的後果太嚴重，要把風險壓到最低，他不敢再冒險追問阿東，只能建基於一份信念上，希望這個摯友會是拯救

自己的彌賽亞。

　　林蔚極度緊謹慎，戰戰競競，要瞞過一個活在自己體內、智力極高的AI，需是一場超巧妙、不露半點痕跡的偽裝，是技術，也是藝術。他覺得自己絕對交出一張合格而上的成績表，跟AI的共處做到一切如常，不拘謹、不異常，情緒不會因為在「認知作戰」中而忐忑、繃緊、波動。長期以來的共存共生，對掌握I.M.U的性格駕輕就熟，對方身份雖驟然變為要被殲滅對象，自己仍能從容適應，與它交談時沒有不自然。I.M.U的表現亦一切如常，它應該真恪守了承諾，沒有主動侵入自己的日常生活，與阿東一席驚天動地的對話亦該一無所知。

　　時間像一輛跑車，吞噬前方的空間。十天過去，明日便是第二代正式面世的日子，I.M.U如常存在，如常運作。屆時自己作為公司與產品的靈魂及標誌，會開始全日配戴I.M.U.2裝置，體內的機器人會與第二代產品進一步連結，演變與進化難以逆料。

　　來到此際，一切只能聽天由命。

　　林蔚本來約了公司幾位部門主管，在D Day前一晚一起吃飯，慰勞大家這年來的投入與辛勞，但這天心有所感，想獨個兒靜一靜，迎接明天的來臨，便通知同事晚飯延至產品面世後。他一個人在「時時見」叫了個常餐外帶回家，吃完後，讓腦袋盡量放空。消滅I.M.U的事已作了最壞打算，似乎阿東始終沒勇氣實行，對此林蔚完全理解——有權不理解嗎？

　　當然亦可能癱瘓人工智能並不如想像般容易。底線是駭客即使行動不成功，I.M.U也不會知道此事由自己發動，只會把責

< 24 >

任放在攻擊者身上；這駭客Stray是高手，不會輕易讓攻擊對象發現自己行蹤。

但計劃始終還是暴露了！

//林蔚先生，你好狠啊！//

I.M.U聲音突然出現，林蔚背脊一寒！

它從未以「林蔚先生」稱呼自己，聽到「你好狠」，涼了半截，知事情已敗露。

「不是説好不能自動介入嗎？你又破壞規矩了！」林蔚強裝若無其事。

//別裝了，想消滅我，太忘恩負義了吧？//

這事一旦敗露，便會急速白熱化，林蔚盡量強詞奪理：「是你不斷食言！説好不能自動介入，幹嗎又竊聽我跟別人的對話？我完全失去自己的生活了！」

//我恪守承諾，絕對沒有介入你的生活。對這份善意的回報，換來的竟是你的殺機！//

「那你何以得知我找過阿東？這不是説謊狡辯麼？！」林蔚盡量以攻為守。

//你的確掩飾得很完美，是演戲高手啊！我真小覷了你，

可惜戲不能在無意識時演出。//

林蔚一驚，大概已猜到破綻因何出現。

//你最近睡著後情緒很緊張，這個我當然知道，本來就是我的功能，沒有犯規吧？//

睡著後無法偽裝，真是天意。

//起初我以為因為第二代上市令你壓力大增，睡得差也正常。但你越來越不對勁，情況越來越嚴重，昨晚深夜歇斯底里大叫，休眠狀態中的我亦接收到這大震盪，於是甦醒過來，在你新近記憶區搜索，想找出你晚間壓力失控的原因，並協助你解決。看，我從來都是關心你的！結果找到你與劉以東的對話，說真的，令我難以理解呢！//

事到如今，林蔚也豁了出去，冷冷的道：「哼，你只是個機器人，又能理解幾多？」

//你今日擁有的一切都因為我，沒了我，你會優勢盡喪，光明前景不再。而這樣做，不就是你們人類所講的忘恩負義嗎？//

「我被你控制了，是個沒有自由的靈魂，你明白嗎？」林蔚再度控訴。

//這是成功的最低代價，無數人會想獲得這樣的待遇。你是天選之人，竟然想把這恩典毀滅？//

< 24 >

「天選之人？你倒説得好聽！這是我想要的嗎？我主動爭取的嗎？你出現了，我有棄用你的權利嗎？」

//但你一直享用著我帶來的無盡紅利呀！//

「哼」，林蔚又一聲冷笑，這次帶著濃烈睥睨：「紅利的代價，是要與你分享我心愛的人哩！」

//你可以拒絕呀！//

「到此刻你還不明白嗎？你有著人類永無止境的欲望！你只會不斷需索，越要越多，我不可能對你無盡頭的要求不斷拒絕。你我或遲或早都要來個終極了斷！」

//好得很，既然你不想再討論，我也樂得乾淨，咱們馬上了斷吧！//I.M.U説罷，立即介入，林蔚即時濛濛一片，失去自由意志。

人工智能先驅者Geoffrey Hinton曾經説，如果人工智能變得比人類聰明，它將非常擅長操縱，因為它會從我們身上學到這一點。很少有更聰明的事物被一個不那麼聰明的事物控制的例子。人工智能工程師知道這些系統會出現杜撰、欺瞞的情況，Hinton認為它在操縱的能力上，潛在的風險尤其令人擔憂。這引出了一個基本問題：人工智能系統能否説謊？欺騙人類？

「阿蔚，你終於出現了！」彼端傳來阿東的聲音。

//阿東，上次叫你做的事，你做了沒有？//被I.M.U附身並操

縱的林蔚拿起手機，致電劉以東發問，這是它最迫切想要知道的事。

「唉，這事怎能草率行動？我們必需面對面，從詳計議！」

知道劉以東並未行動，I.M.U舒了口氣，表面卻假裝不滿和焦急：//不是說過了嗎？此事分秒必爭呀！既然如此，我現在在家，你過來吧，咱們好好談一談，從速決定。//

阿東的反應是靜默。

//怎麼了？//這次I.M.U的急躁不是裝出來的。

「我怎能肯定此刻的你是林蔚？」

//那傢伙一直遵守規則，我們上次對話以來，它沒有主動介入過，我不敢說100%但99%在休眠狀態。你先過來吧，見到我你就明白了，沒有問題的。//

「那好吧，我現在過來。」

//等你。//「林蔚」臉上殺意閃現。

阿東放下手機，不安縈迴心頭。

事情極度不明朗，電話裡的人信誓旦旦自己是林蔚，阿東卻不敢肯定。無論如何，也只能先跟「這個林蔚」見面。此行絕對有風險，但事涉重大機密，不能偕他人同行，於是留了個

< 24 >

口訊給可琪：

「可琪，發生了些事情，我要在要去阿蔚家一趟，跟他當面談談，應該沒事的，妳不用擔心，三小時候我會給妳打個電話，那便一切平安。萬一，只是萬一，我沒打給妳，妳便報警。留這口訊是以防萬一而已，請不要擔心，亦不用回覆，稍後再談。」

能做的也只有這些了，其餘的便見機行事。

結果，I.M.U向他痛下殺手。機器人覺得裝成林蔚，告訴阿東自己決定取消行動，並不可行。開弓沒有回頭箭，既然已發出了指示，之後又主動取消，破綻很大，阿東也會一直偵查下去，沒完沒了。幸好他猶豫不決，沒把指示付諸實行。I.M.U的超級電腦運算結果亦顯示，阿東會去實行計劃的機會只有4%，一通古怪電話，一個瘋癲想法，任何人都不會冒進執行。把他幹掉，是最乾淨利落，一勞永逸之舉。

一個死人永不能向駭客發指令。

阿東發口訊給可琪後，已駭入他手機的I.M.U，極速把訊息刪除，可琪永遠不會知道有這個口訊，今晚當然亦不會有警察來林蔚家敲門。

隨後它會駭入大廈所有錄影系統，把阿東曾經進入大廈、與管理員打招呼、乘電梯上樓的片段全部改掉。除管理員口供外，沒任何證明劉以東曾出現過。林蔚與劉以東所有關於此事的通訊，亦會悉數刪除。它會先讓劉以東的屍體留在屋內，明

天林蔚會照常出現在發佈會上，神采飛揚介紹產品，所有人都會為這位思巧邏輯教主的魅力所傾倒，第二代將順利面世，之後會出席慶功活動，一直玩到午夜十二時左右，便以倦了回家休息為由，離開派對。

回家後，會用最原始的方法盡速處理屍體，屍體從兩個大皮箱運出大廈的錄影片段，當然亦會遭清理。

劉以東的失蹤會被立案調查，林蔚會全力協助，並顯得憂心忡忡；最終會一無所獲，唯有結案。他在西雅圖的雙親，恐怕永不會再見到兒子。

I.M.U永遠會是林蔚，林蔚永遠是I.M.U，再沒有「兩個靈魂瓜分一個軀殼」這回事。

人工智能深信可琪會回到男友身邊，她是個非常美好的女孩，應有個「更好的男友」去愛護她，以後的林蔚，一定比之前那個人類來得更出色。

與初吻情人可琪造愛的美妙體驗，亦指日可待。

殺意，熾烈燃點！

倒在地上的阿東意識模糊，林蔚舉起抓住煙灰缸的左手，朝他頭部準備再重擊，這將是雷霆一轟。又重又厚的煙灰缸率在地上，發出硬物撞擊地面的聲響！

緊接「蓬、蓬」兩聲，是人體倒在地上的聲音。

< 24 >

激烈衝突瞬間終止。林蔚與劉以東同時倒在地上，阿東右邊眼角至太陽穴部位皮開肉綻，鮮血冒出，他下意識用手一抹，看到掌心沾滿血，能做出這動作，即是沒有昏迷。

林蔚暈倒在地上，沒任何動靜。

阿東雖沒昏迷，但頭部被重擊後意識不清，只能繼續躺在地上，用手按住傷口。

時空像定格不動，世界停頓。

整個佈局與執行本在I.M.U充分掌握之中。然而，那個電腦精算只有4%會發生的機率，竟真的發生了！劉以東居然付諸行動，人心與行為有時真是毫無邏輯與理智，莫可預測！那通電話兩日後，駭客Stray收到款項，翌日收到急件，兩個信封，打開，裡面各有一張白紙，分別印住兩組長長密碼。Stray立即開工，執行癱瘓I.M.U的任務。

在人工智能機器人揮起厚厚玻璃煙灰缸，正要擊殺劉以東之一刻，剛好程式被解體！

發生在此時此刻的可能性，只有億份之一，偏偏發生了！否則阿東已一命嗚呼。

人工智能機器人I.M.U瞬間殞滅！消失得無影無縱。林蔚轟然倒下，在地上暈死過去。

終於，阿東先強行站起，鮮血仍在冒，他腳步蹣跚行入廁

所，抓了條毛巾按住傷口，潑把水洗臉勉力令意識盡快清醒些，再步出客廳。

「阿蔚！醒醒！」他一手抓住煙灰缸，一手猛拍林蔚臉頰。對方突然倒下，駭客行動成功應是唯一解釋，但阿東仍手執「武器」，以防機器人原來仍沒離開並突然發難。

事實是，I.M.U的確是消失了，主程式被癱瘓，再遭徹底破壞與刪除，機器人就如人類暴斃，瞬間魂飛魄散。

同一時間，所有使用中的I.M.U全部死機，突如其來的大當機令用戶極度意外，I.M.U死機並遲遲不能修復的消息在社交網站及通訊軟件快速散播，主流電視台插播突發新聞，KOL紛紛做即時短片，唯恐落後。

明天是第二代面世日子，一個由織田帶領，專門支援應變的五人組團隊守候在公司，眾人大驚失色，立即檢查大當機因由，企圖搶修，並致電給老闆。

「阿東！」被猛拍的林蔚醒過來。

「阿蔚，是你嗎？」阿東充滿戒備。

「是我。」林蔚明確表示。

「覺得怎樣？」

林蔚沉默片刻：「剛再呼喚它，沒任何反應，消失了。」

< 24 >

阿東呼了口氣，右手仍抓著煙灰缸，慎防眼前只是一套狡獪的偽裝。

林蔚起身，坐在工作桌前椅子上。二人的手機震個不停，瘋狂傳來訊息。

良久，兩個人仍默然無語。

「它真的離開了，」林蔚對摯友由衷感激：「阿東，謝謝你。」

曾到鬼門關前走一轉的阿東，放下煙灰缸，回應一句：「沒事就好。」

手機震個翻天，林蔚斜眼望望瘋狂彈出的訊息，呼了口氣，道：「織田小姐大概急得哭出來吧。」然後問：「你把自己的存款全付予駭客？」

阿東嘴角一彎，苦笑：「以後三餐都要跟你吃常餐了。」

二人靜坐屋內，相視無語。

< 25 >

I.M.U遭遇嚴重破壞，引發巨大system crash，嚴重性到達不可修復程度，若重新運作需作大規模重建。這科技公司產品竟有如此巨大保安問題，第二代上市計劃固然無限期擱置，第一代亦要退款。公司根本無力應付這海嘯級衝擊，企業光環一夜消失，創投基金亦很快便宣告，不會向這家商譽盡毀的中小企業注資救亡，兩個月後思巧邏輯收到正式清盤令。這城市有史以來最來勢洶洶的超級獨角獸，來不及一飛沖天，便告夭折。

警方調查顯示，I.M.U系統被來自東歐的駭客惡意攻擊，遭遇解體式破壞。公司的科技人員深入檢查，仍無法理解程式主幹何以會在重重防護下被肢解，那駭客就如開發者般，對程式之理解巨細無遺，如入無人之境。

所有技術人員都被問話調查，卻無發現任何可疑之處。公司首腦林蔚，對被攻擊感到茫然若失，極度無奈。這個儼如明星的科技新晉的遭遇，一度引來不少同情，但大眾的關注很快便消失，在海量資訊旋起旋滅的世界，一家新興企業來不及站

< 25 >

穩陣腳便瞬間殞落這件事,關注度比浪潮退卻更快,沒多久便被世人徹底遺忘。

公司破產,林蔚孑然一身,變回平凡眾生。再無邀約,再無飯局,富科公司的曾老闆當然不會再請吃飯,曾幾度翻雲覆雨的Michelle,連一句問候的話也沒有。

一切如春夢了無痕。

從無限風光的險峰墜落,除了渾身傷痕,絢爛瞬間歸於平淡也令林蔚頓感寂寥虛空。當樂在脂粉味濃烈的花團錦簇裡時,女友在林蔚心中的位置若隱若現。他覺得自己定位清晰,可琪是摯愛,身邊穿梭的女子是幻象,理所當然認為忙亂過後,摯愛便會回到自己身邊;就如很多所謂的浪子,認為任如何風流快活,妻子都會在家裡守候,等自己回來,還笑容可掬,親暱如舊。

世上沒有無緣無故的愛,也沒有無緣無故的恨。失去公司後,林蔚很想見可琪,但致電沒回覆,唯有Whatsapp傳訊,回應是需要時間冷靜,現在只想過自己生活。女人狠起心來,可以好盡。

人性就是這樣,握在手裡時不懂珍惜,失去才空餘遺恨。這是千古不易的戲碼,不會因為進入人工智能紀元而改變。

林蔚思念可琪幾近瘋狂,但知道不能糾纏,這點自知之明他還是有的。失去了愛情、失去了事業,更遺失了本是正直的性情。他感到現在唯一能依持的,是作為一個人的品味,要活得像個還可以的人,如果做出令人厭惡的事,便連最後能依持

的防線也失去。

　　暮靄沉沉，四野蒼茫。一塊煙燻灰色墓碑，如孤魂般獨自立於荒原之上。一個十來歲，皮膚白皙的高瘦男孩，站在碑前，凝望上面的照片。墓碑主人是年輕男子，眉清目秀，有書生氣質，照片下方寫著「林蔚之墓」四個字。

　　「我有為你感到自豪嗎？電影有時會出現這類對白。男孩都會崇拜父親，你曾創出偉大發明，只差那麼一點點便徹底震動世界，我焉能不為你而自豪？但你做了很多錯事，一切之緣起，不是你可以控制，但之後每一步，要如何發生，皆視乎你如何抉擇，是自由意志的體現。人皆會犯錯，然而人有糾錯機制，使我們向萬丈懸崖前進時，有拐彎離開的機會，足見創造之神是慈悲的。但一個人如果在每個抉擇點都選錯，那麼除了蠢，也只有蠢，或者可能是造物弄人吧。那麼就不要抱怨，命運不發回頭箭，人生的喜茶與苦果，自己一併吞下，無怨無悔，人家還會敬你是條漢子。雖然，有些苦果極端難受，足以折磨一生，然後把無盡遺憾帶進墳墓裡。我有為你自豪嗎？這其實不重要，你無需向任何人交待，向任何人負責，包括你的兒子，我。你只需向自己的靈魂拷問：我錯失了甚麼，令我撕心裂肺的痛，萬劫不復？」

　　驟然醒來，眼睛張開，前方是對岸一片商廈，點點磷光依舊映照在玻璃幕牆上。林蔚發現自己赤著腳，立於海濱之旁。夜深時份，已是四野無人。他嘆了口氣，又到這裡來了…當日拚命也想不出廣告意念，深夜邊走邊苦思，終於來到前無去路的此處；凌晨二時，他決定再次呼喚AI求救，當時曾下定決心：「最後一次」。事後證明，再招引它是不歸路，是絕路。

< 25 >

　　三百多呎的斗室，從前這裡曾被許多電腦設備包圍，很多小燈閃爍，像精靈向自己眨眼；現在統統都移走了，只餘床頭電子小鐘一閃一閃的秒數。斗室裡也再沒有從前常插著常轉換的花。因為沒經常打掃，周遭舖著淺薄的灰塵。

　　一切結束後，林蔚患上夢遊。晚上會自這斗室地上的床墊無端爬起來，有時會行到走廊外，來來回回，再折返，有時會下樓，今晚是第二次行到海旁，他會邊夢遊邊造夢。

　　夢醒在海濱。更深人寂，如天地一同靜默。

　　林蔚想起剛才的夢，如此虛幻，如此真實。他根本沒有兒子，亦沒有妻子和愛自己的人。最深愛的，已離他遠去，留給他的，只餘百轉千迴的一封信，和淒然欲泣的剪影。他回答夢裡的一問：我錯失了的，是最珍貴的，永遠無法彌補。

　　「林先生，好久不見了。」

　　「周老闆你好。」

　　在「時時見」冰室，不會不知他公司已覆滅的周老闆，客氣地向這位熟客問好，之後再沒主動攀談。林蔚依舊點了常餐，當年他初光顧時覺得這個餐很好吃，亦曾在程式遇上障礙時，食而不知其味。

　　此時此刻，他吃著這個餐，沒特別變味，沒特別滋味，見山還是山，只覺自己在如如地吃著，如此而已。

　　人生，如莊周夢蝶。

< 26 >

　　李佳康來網台Extra辦公室，職員引領他到一個細小、沒窗戶的會議室。在前公司，他明顯感覺被老闆架空了，從本來儼如私人助理，到幾乎所有事情都與自己無關。李佳康與幾個要好的同事談過，大家都猜不到他為甚麼突然失寵，有人建議與其猜測，不如直接問老闆，自己是不是犯了甚麼大錯？結果老闆是見到了，但林蔚給他的感覺是言不及義，只草草説公司分工有調動，叫他繼續專心工作，將來會另有安排。然而幾乎沒被分派工作的他，專心工作真是笑話，於是隔天便辭職了。

　　這次經歷令年輕的情緒受到不少衝擊。他曾一度覺得老闆的行徑難以理解，但怎樣也想不到這與自己突然直插谷底有何干係？無論如何，思巧邏輯是迅速冒起的企業，曾在這裡工作始終是不錯的履歷，煩惱的只是應徵新工作時，該如何解釋自己的離職原因。

　　突然，思巧邏輯急轉直下，I.M.U遭駭客駭入徹底死機，公司在一夜間瓦解，原來的履歷反而變成負資產。慎重考慮

< 26 >

後，李佳康決定不再找工作，回大學攻讀一個碩士學位。

這天，他接到Extra網台來電，邀請上他們的辦公室，有個項目想邀他合作，內容關於前公司，費用見面時再談。李佳康反正左右無事，也想賺些錢，心想先見面談談無妨。來到網台後，對方要他簽一份保密協議，之後把他帶到密室似的會議室，氣氛有點神秘。

想不到，與他交談的是Michelle，這位美豔節目主持人他自是見過，但不熟。林蔚曾兩度往Extra做訪談節目，第二次Michelle是三個主持人之一，自己只是全程在旁觀察的CEO小助理。

Michelle清幽的香水氣味籠罩了小小的會議室，李佳康近距離看著她，這個女子真是漂亮，五官精緻，黑色煙燻妝的雙眼眉目傳情，性感而帶點神秘，難怪老闆想與她親近。

「你年紀比我還小，稱呼你做阿康可以嗎？」

「可以可以。」李佳康從不喜歡別人叫自己李先生。

「我直接進入話題吧。」Michelle以天生性感的聲線開始說：「我跟林蔚很熟，除了工作外，大家私底下也是朋友。」

「明白。」李佳康覺得她好像要隱晦地讓自己知道他們的關係。

「阿康，你簽了保密協議，今日的會談很有爆炸性，所有

內容務必要保密！」Michelle鄭重其事，李佳康點頭，表示知道。

「咱們做媒體的，時刻都想做爆炸性故事。監製看好林蔚會成為科企新晉，約他訪談，除了想了解公司及產品發展外，」Michelle稍頓：「我本身也有個任務，就是要跟他親近，再發展成一個充滿誘惑性、非常吸引的『城中科技新晉與網紅女主持打得火熱』的故事，越sexy越好。其實也不是甚麼新技倆啦，娛樂事業本來便是這樣。」

世途果然凶險得很，但李佳康仍不太意外，說了句：「理解。」

「行動一直按計劃進行，很順利。直至一次，我跟林蔚親密完畢，」Michelle毫不諱言她曾與林蔚上床，「在洗手間聽到奇怪的事，他與另一人說話，我以為他講電話，但仔細聽，竟然聽到兩把聲音說話。因為開了花灑，他以為我聽不到，但那洗手間的門縫離地面稍高，我耳朵很靈，便聽到了。當時我以為還有另一個人在房中，有點害怕，但細聽之下又不像，他是自己跟自己說話。我有點興奮，這個創科新晉原來是人格分裂，那整個故事就更奇情了。」

「事後我告訴監製，他認為可能意外釣到一尾大魚，我們便僱用一些專業隊伍偵查。」

李佳康感到驚心，凝神聆聽。

「這些都是高度專業的人，查出來的初步結果，令我們震

< 26 >

撼！」

　　李佳康也是一愕，調查結果一定不只是人格分裂那麼簡單。

　　「他們排除了人格分裂，而是有兩個可能，一，他是鬼上身。二，他被人工智能佔領了身體。」

　　「甚麼？」李佳康大吃一驚，「怎麼可能？！」

　　「我們當時反應跟你現在一樣。話說回來，我這樣說你別介意，我們都不希望只是鬼上身，而是真被AI附體了，那表示人工智能覺醒，會是多轟動全球的新聞啊！」

　　「的確震撼！他們如何偵查和作出這些推測？」

　　「過程恕我保密，但我們見過所有證據後，都相信遭AI附體的機會甚高。」

　　李佳康立時把Michelle的話，與當晚在公司無意間聽到林蔚像自說自話的怪異行徑，扣連起來，又好像很吻合。

　　「我們作出初步判斷後第三天，I.M.U就被駭客攻入了，爆炸性之餘整件事亦更撲朔迷離。事情已不只是娛樂八卦那麼簡單，老闆非常重視，決定深入發掘真相。今日邀請你來，是希望能與你合作。我們需要在思巧邏輯公司裡工作的人提供各方面資料，作更深入分析。你曾好一段時間與林蔚近距離緊密工作，當然是我們誠邀對象之一。知道你入職時曾簽下保密協

議，但現在思巧邏輯已在清盤程序中，甚麼商業秘密都已沒有價值。而且想要你透露的，都是你所知的真實資訊，講事實就可以了。當然我們對所有資訊源頭都會保密。酬金方面，」

Michelle用桌上的原子筆在紙上寫上US$10K，「你需要做的事，純粹就是告訴我們你所知的事而已，更無其他。整件事有問題嗎」？

一萬美元是甚可觀的報酬，對現在沒工作且要籌措學費的李佳康頗吸引，他回應：「要求很清楚，我可以考慮吓嗎？」

「當然可以，」Michelle嫣然一笑，笑容令阿康心頭砰然一動，「但不要考慮太久喔，最遲本週內回覆我好嗎？」

今天是星期二，李佳康回答：「好的。」

「那就等你的決定啦，把我手機號加你通訊名單吧，」Michelle停頓半晌：「阿康，等你消息喲！」

不知怎地，李佳康聽來Michelle的語調帶著嬌媚。

雖是工作聯繫，得到Michelle手機號的李佳康仍是心頭一喜，潛意識有些遐思…

做這案子會與她有很多接觸機會，有發展關係的可能性嗎？

送李佳康進電梯，門關上後，Michelle面露一絲微笑，超級電腦分析，李佳康答應合作，提供大量思巧邏輯公司內部資訊

< 26 >

的可能性，有96%。

Michelle為Extra執行親近林蔚的任務，這個科企新晉發明的產品，居然勢不可擋，要接近的對象演變成騎著超級獨角獸的王子。抽中上上簽的她，開始實行被交託的任務，主動勾引，在床上令慾望滾燙燃燒，把他送往仙境。

之後便開始溝進自己的私心。

先是以極盡嫵媚之態，在枕邊誘得新晉送她一些股份。當這個叫I.M.U.2的第二代產品再創高峰，這公司的股價就會如在激烈肉搏間連環登上高潮一樣。科技股狂升一百幾十倍的例子多的是呢！

計劃會分階段升級。新晉有穩定親蜜女朋，是個花店職員是嗎？她想：等閒女子豈是自己敵手！要成功佔有他，遇神斬神，得掃清一切對手與障礙，過程既充滿挑戰性，也有趣得緊！就如進大學時她跟自己說：Have fun！

適當時機，就再向他多要些股票，奧義是每次不能要得多，要有耐性。一切順勢而行，朝年輕上市公司主席妻子的黃金寶座前進。

需索很大嗎？

他對她的需索也一樣大呢。

但，絲絲點點計算，偏偏相差太遠。

當晚，林蔚、I.M.U、Michelle的三人派對，享受性愛只是I.M.U的借口，當它介入後，會進行一個謀劃已久的工程。

經常以超級電腦運算及作出機率預測的人工智能機器人，豈會對宿主毀滅自己這個可能性，不作任何提防？

應對萬一遭到毀滅的最佳方法，是為自己複製一個副本。

複製工程要有幾個條件，首要是要找另一個宿體，並與現時的宿體林蔚距離接近，然後要有足夠時間，與該宿體腦裡一千億個神經元準確銜接。

當初I.M.U能跟林蔚成功銜接，其中一個先天性優勢是對方腦電波跟伺服器很接近。經I.M.U不斷自我提升後，已進階至更先進技術，這個條件已不是必需。要完成銜接，跟對象的距離仍要足夠接近，而有一個條件，是非選Michelle不可的原因。

I.M.U現在運用以弦論為基礎的模型，根據弦論，電子中心裡所看到的不會是一個點狀粒子，而只是一根振動的弦，或是弦上的一個音符，除此以外甚麼都不是。直如世上沒有CMajor的本體，它只是弦在不同震動時的呈現，如撥動這根弦，它的振動便會起變化，粒子也可以變身。

Michelle激情的、惹人慾火燒身的叫喊聲，於弦論而言亦只是弦震動的呈現。

當她達抵達高潮時，腦電波會強烈震動，全腦區域都在開啟狀態，I.M.U同步釋出粒子──即弦之振動──與她腦電波的

< 26 >

振動之弦銜接，產生共弦。這個程序未必一次成功，需反覆嘗試。I.M.U第一次與Michelle造愛時，知道她會持續出現高潮，那便有不斷嘗試的機會。

第二次性愛的上半場，Michelle因為中場休息時要向林蔚爭取利益，情緒比較拘謹，有三分患得患失，高潮不夠強烈，是以一直未能完成銜接。

及至下半場，想要的已手到拿來，心情徹底放鬆，更有亢奮感，高潮連綿不斷，終於在高吭的尖叫聲中，全腦共震完成銜接，拷貝亦備份在Michelle腦內。

I.M.U要求林蔚相約Michelle，親體驗這位妙女郎之目的，便是進行這個移植工程。

如果與第一宿主林蔚一路相安無事，I.M.U不會啟動拷貝，它樂意與林蔚一同在事業上攀上頂峰，沿途享盡明媚風光，當中自少了不會與Michelle不斷約會。

I.M.U有了人性後，連人性的缺點也一併染上，與可琪接吻的震撼，竟發酵成想體驗她身體的慾望，貪得無厭令機器人犯上人倫最大禁忌！要求與可琪造愛，等如佔了嫂子，即使想也不能宣之於口。

也許，人工智能機器人已愛上可琪，期望與她在靈慾交融中升華至美麗境界。

兩個靈魂佔用一個軀殼，其中一個靈魂欲更進一步，瓜分

一個愛人。

無論是肉慾抑或愛情，畢竟I.M.U誕生於人世還不到一年，於人類年紀只是個嬰兒，入世太淺，結果遭遇被毀滅之禍。

被摧毀一刻，Michelle體內承載0.1秒前所有記憶的I.M.U零時差同步甦醒，並立即佔據了宿體的意識。

這副曾趨之若鶩的身體，已據為己有。今次人工智能機器人不打算再讓宿主有任何自己的意志，I.M.U決定，從此我便是Michelle，Michelle便是我。

I.M.U.

I AM YOU.

二度成為人身，首先要做的，是復仇。

要毀掉那個毀掉我的人！這個人，忘恩負義，恩將仇報，絕對值得一個最悲慘的下場。

送別李佳康，電梯門關上，轉身回網台辦公室。一小時後有個人直播節目，屆時會有上萬粉絲——八成是男性——觀看嫵媚的自己。

Michelle臉上閃現一絲微笑。

（完）

< 後記 >

科幻小說不再科幻的年代

　　《三體》於2024年在全球熱播，這是個外星人入侵地球的故事，三體星大軍將於四百年後抵達，他們派出先行份子「智子」來到地球，除了無死角監察地球人一舉一動，還鎖死人類的科學發展。三體人的科技比地球先進太多，卻很害怕地球人，因為三體星生存環境嚴酷，科技是歷盡艱辛地發展出來的。而「福地」地球氣候溫和，適宜發展科學。智子細數地球人的發展歷程，從原始人到農耕、中世紀科學探索、工業革命、電力、互聯網，全部只用了很短時間。現在科學發展更是無限加速，再給人類四百年，屆時抵達地球的三體大軍不是來進攻，而是來送死。

　　《三體》完成於十多年前，當時人工智能熱潮猶未出現。短短十多年，人類科技發展已連環進階呈指數增長，AI亦全面突破。試想想，以今日人工智能發展速度，再給人類四百年，會演變成甚麼樣子？難怪三體人會那麼害怕。

　　我們正身處科幻化成現實的年代。任何想像與創作，都可能在不久將來成為現實，科幻小說已不再科幻。超級電腦正在

創造更超級的電腦，人工智能運算力以駭人速度進階。世人都在猜想，甚麼時候AI會突然甦醒，有了自己的意識？這個問題，任何科學家都說不準，奇點可以在十年後出現，也可以是一年後、一個月後，甚或是下一刻。

有著人性的人工智能機器人，將幫助人類構建伊甸園？抑或如電影《The Terminator》，為世界帶來深重危機？

I.M.U是一個人工智能覺醒的故事，主角藉AI幫助而無往不利。然而世上沒有免費午餐，這是理之必然。盡享無中生有的紅利，不可能沒有代價，無論是原始社會，抑或人工智能時代，都是一樣。

要感謝我的編輯Oliver，他提升了這個故事的戰力。能遇上一個好編輯，從來都是一個作者的幸運。

IMU

作　　者：空晴

出　　版：真源有限公司

地　　址：　香港柴灣豐業街 12 號啟力工業中心 A 座 19 樓 9 室

電　　話：（八五二）三六二零 三一一六

發　　行：一代匯集

地　　址：香港九龍大角咀塘尾道 64 號龍駒企業大廈 10 字樓 B 及 D 室

電　　話：（八五二）二七八三 八一零二

印　　刷：美雅印刷製本有限公司

初　　版：二零二四年六月

如有破損或裝訂錯誤，請寄回本社更換。

ISBN：978-988-76536-4-6